U0104171

文學研究叢書・古典文學叢刊

西遊記主題接受史研究

陳俊宏　著

目　次

第一章　緒論

第一節　研究動機與目的

　　魯迅曾說：「《紅樓夢》是中國許多人所知道，至少，是知道這名目的書。誰是作者和續者姑且勿論，單是命意，就因讀者的眼光而有種種：經學家看見《易》，道學家看見淫，才子看見纏綿，革命家看見排滿，流言家看見宮闈密事……」[1]。魯迅的這一段話雖是針對《紅樓夢》而發，但只要將其中文字稍微改動，亦可用來評論《西遊記》：「《西遊記》是中國許多人所知道，至少，是知道這名目的書。誰是作者和續者姑且勿論，單是命意，就因讀者的眼光而有種種：儒生看見『教人誠心爲學，不要退悔』[2]，道士看見『闡三教一家之理，傳性命雙修之道』[3]，考據家認爲沒什麼微妙的意思，不過有點愛罵人的玩世主義；馬列文論者看見階級鬥爭……」。

　　大體而言，二十世紀以來西方的文學批評經歷了作者中心論時期、文本中心論時期與讀者中心論時期三個階段三次轉折。最初，文

---

[1] 見魯迅：《魯迅全集》（北京市：人民文學出版社，1981年），第八冊，頁145。

[2] 見張書紳：〈西遊記總論〉，《新說西遊記》（上海市：上海古籍出版社，1990年）。

[3] 見劉一明：〈西遊原旨序〉，《西遊原旨》（上海市：上海古籍出版社，1990年）。

學研究的重心放在作者與其社會歷史背景上，把這樣的了解當成認識
文學作品意義的關鍵；接著，俄國形式主義、英美新批評、結構主義
與符號學等流派思想出現，他們切斷文學作品與作者、社會歷史之間
的關聯，把文學作品當作一個封閉的本體，認爲客觀的意義與價值都
已存在於其中；六〇年代以後，人們逐漸察覺單純以作者或文本爲中
心都具有明顯的片面性，僅是抓住文學總活動中的一個層面，因此讀
者中心論的流派蠭起，如接受美學、讀者反應批評，他們將讀者推至
相當高的地位，強調讀者在作品意義生成上的重要性。

　　近十幾年來，部分中國文學的研究或多或少都採用了接受美學
的觀點，作接受史的研究。接受史的研究，一方面能更全面、深刻地
去認識作家與作品，一方面則可以反映不同時代的審美情趣、鑑賞能
力、學術思潮等等。如果吾人能對《西遊記》的主題作接受歷史的呈
現，那麼不但能關照與發掘《西遊記》眞正的中心思想，也能對歷代
讀者的「期待視野[4]」有所瞭解。

　　就陳文忠《中國古典詩歌接受史》所附錄的接受史研究論著簡
目[5]，可知從一九八〇年到一九九七年這段時間，大陸地區期刊論文
對於接受史的研究主要專注於詩人詩歌上面，其次則是古典小說，在
古典小說中又以《金瓶梅》、《三國演義》、《儒林外史》、《聊齋
誌異》爲主；專著方面則以詩人詩歌爲主，古典小說方面有劉宏斌所
撰的《紅樓夢》接受美學論。

---

[4]　所謂的期待視野，是指文學接受活動中，讀者原先的各種經驗、趣味、素養、理想
　　等綜合形成的對文學作品的一種欣賞要求和欣賞水平，在具體閱讀中，表現爲一
　　種潛在的審美期待。見朱立元：《接受美學》（上海市：上海人民出版社，1989
　　年），頁13。
[5]　見陳文忠：《中國古典詩歌接受史研究》（合肥市：安徽大學出版社，1998年8
　　月），頁333~338。

在臺灣地區，接受史的主要研究亦多在詩人及詩歌，古典小說方面的研究則集中在《紅樓夢》、《水滸傳》，至於與《西遊記》接受美學相關的，則有林景隆《西遊記續書審美敘事藝術研究》[6]，但其討論的重點在於《後西遊記》、《續西遊記》與《西遊補》等續書與《西遊記》間的關係，其對象與範圍跟本文有所不同。

基於上述原因，可知以接受美學的觀點研究文學作品仍是一大片尚待開墾的沃土，對《西遊記》這部小說作主題接受歷程的研究，也是頗有可為與富有意義的。

本論文的研究目的主要在建構《西遊記》主題的接受史，呈現各時期對《西遊記》主題的看法。

第二節　研究方法

本文所謂的「主題」（theme），意義等同於旨趣、題旨，指的是文學作品的中心思想；所謂的「接受史」則是文學作品潛在意義的外化形式的演化史，是作品在不同階段經由讀者解釋後所呈現的具體面貌，也就是讀者閱讀經驗的歷史，基於以上兩種概念，則可以把「主題接受史」定義為不同時空下的讀者對於文學作品中心思想的闡釋歷史。

接受美學，是二十世紀六〇年代興起的一種文學理論流派，由於其學者多匯集於德國康斯坦次大學，故又稱「康斯坦次學派」，其方法論上的重點在於從讀者對作品的接受過程中來研究文學，強調讀者

---

[6]　林景隆：《西遊記續書審美敘事藝術研究》（高雄市：國立中山大學中國語文學系研究所碩士論文，2000年）。

的感知經驗在決定文學作品的意義與價值過程中的積極性。接受美學的主要理論家爲漢斯・羅伯特・堯斯（Hans Robert Jauss）與沃爾夫岡・伊瑟爾（Wolfgang Iser）等人。堯斯的研究重心多關注於作爲接受史的文學史研究，重視實例的分析，注重讀者作爲決定的因素在對文本中採取的態度和作出的反應；伊瑟爾著重於接受活動中的文本研究，關注文本的空白和召喚結構，關注閱讀過程本身和這一過程中的交流[7]。

本論文在研究方法上，主要以堯斯（Hans Robert Jauss）的觀點爲基礎，其接受理論主要有以下幾點：

一、突顯出讀者重要性，從讀者經驗來重新認識與把握文學的歷史性。在〈文學史作爲文學科學的挑戰〉中，堯斯提倡一種新的文學史觀念與研究方法來對傳統的文學史挑戰，他認爲傳統的文學史，只是從歷史客觀論和實證主義出發，多注重作者與文學作品，分析和鋪陳有關文學的史實，並根據現代的知識去確定作品的意義與價值，再用現今認爲最有價值的作品去建立當時的文學面貌，然而文學作品「並不是一個自身獨立、向每一時代的每一讀者均提供同樣觀點的客體。它不是一尊紀念碑，形而上學地展示其超時代的本質，它更多地像一部管絃樂譜，在其演奏中不斷獲得讀者新的反響，使本文從詞的物質釋放出來，成爲一種當代的存在」[8]。不經讀者閱讀的文學作品，說穿了不過是一種物質的構成，無法自己產生意義的，必須要有讀者的介入和中介，意義方能出現，文學作品的歷史生命，完全是在讀者的接受過程中獲得的。

---

[7] 見金元浦：《接受反應文論》（濟南市：山東教育出版社，1998年10月），頁 47。

[8] 見 H.R.堯斯、R.C霍拉勃著，周寧、金元浦譯：《接受美學與接受理論》（瀋陽市：遼寧人民出版社，1987年），頁 24。

　　二、文學作品的認知不能簡化爲恆久不變的「史實」。堯斯說：「文學的歷史性並不是建基於一組事後建立的『文學史實』，反而是取決於讀者在面向文學作品時的『先存經驗』」[9]。讀者會以「先存經驗」──一種先在理解或先在知識──來解讀當前的文學作品，並在這詮釋的過程中，不斷地對作品投射問題，尋求解答。

　　三、堯斯認爲讀者對於文學作品的歷史地位、意義與價值具有某種程度的決定作用，「第一個讀者的理解將在一代又一代的接受之鍊上被充實和豐富，一部作品的歷史意義就是在這過程中得以確定，它的審美價值也是在這過程中得以證實」[10]。這說明了讀者在作品的接受中，對於作品的意義與價值的創造有一定程度地參與。

　　四、「過去的文學只有在新的接受底下才能被帶回現在。這可能是因爲美學觀點的轉移，導致對過去文學的重新掌握，又或在文學演變的新階段，一道出人意表的光輝回頭返照早被遺忘的作品，使人發現某些以前看不見的東西」[11]，同一件作品的意義內容會在不同時空讀者的不同期待下有所變易，文學作品可能會被賦予新的的價值與意義，正因如此，所謂「偉大」作品的恆久絕對的價值就會受到質疑，前代的典範作品在後代不見得能獲得同樣的評價。

　　五、文學的接受包含文本與讀者相互關係的歷時性與共時性兩方面，歷時性強調了累積性，共時性則強調了差異性，此兩方面構成了接受美學主張的文學的歷史性。同一個文學作家作品，在不同時代的讀者閱讀之下，所得到的理解、評價往往不盡相同，造成這種差異的原因，一方面是讀者的期待視野不同，一方面是作品含有豐富的語意

---

[9]　同上註，頁 26。
[10]　同註 7，頁 25
[11]　同註 7，頁 44。

潛能，一部作品的意義是不可能被某時代讀者或個別讀者所窮盡，作品的意義只有在不斷延伸的接受中被展開。

本論文便是採用以上的觀點來作為研究方法，而在實際操作時，則可分為兩大步驟，其一是對於《西遊記》主題接受史料的作系統整理，其二則是在上述的基礎上，從審美的、理論的角度作進一步的思考，對於《西遊記》主題接受歷程作能動的創造性再闡釋。

第三節　研究範圍

本論文以明清至二十世紀末這一段時間《西遊記》主題接受為研究對象。需要說明的是，每個讀者在閱讀一部書後，通常都會想一想這部書主要在說什麼，而有的會將感想形諸文字，寫成評論，更有甚者還會受其影響而進行創作。理論上，若要較全面地了解一部作品的接受情形，那麼這三方面的行為都應該加以分析與考察。但在實際操作上，由於讀者腦中的思維是內在的，隱而不顯的，而其創作也不見得會將所受的影響與接受態度明確地表達出來，所以第一方面跟第三方面的行為都是難以掌握的。因此，筆者將研究對象鎖定於較能清楚表現歷代讀者對於《西遊記》主題接受——評論文字上。

雖然筆者已將研究的對象鎖定於歷代讀者對於《西遊記》主題的評論文字，但由於歷來《西遊記》主題的評論文字數量實在太多，限於本文的篇幅與寫作時間，故必須從中作篩選，擇取比較著名、影響較大或比較有代表性的評論為論述依據。

目前筆者掌握的資料主要如下：一、劉蔭柏《西遊記研究資料》；二、朱一玄、劉毓忱《《西遊記》資料匯編》；三、孫楷第《中國通俗小說書目》；四、鄭明娳的〈西遊記論著目錄〉。其中孫

楷弟的《中國通俗小說書目》可知《西遊記》有哪些評本；劉蔭柏
《西遊記研究資料》與朱一玄、劉毓忱《《西遊記》資料匯編》搜羅
了十八世紀中至二十世紀初《西遊記》評論；鄭明娳〈西遊記論著目
錄〉則記錄了二十世紀一○至八○年代間《西遊記》的研究書目。至
於八○年代以後的，筆者則檢查《中華民國期刊論文索引》與《全國
報刊索引》等工具書，並多方蒐集，以求全璧[12]。

---

[12] 1982～1999有關《西遊記》的研究論著，筆者已將之編成一份書目，參見附錄一。

第二章　明清時期《西遊記》的主題接受

第一節　明代《西遊記》的主題接受

　　明代是《西遊記》主題接受的最早階段，此時的評論雖然不多，但卻頗具有開創性的意義。在本節裡所討論的《西遊記》主題接受計有陳元之、《李卓吾先生批評西遊記》及謝肇淛三家。

一　陳元之：彼以為大丹丹數也，東生西成，故西以為紀

　　現存的百回本《西遊記》以萬曆二十年的金陵世德堂本為最早，而其卷首署名「秣陵陳元之」的序，則是目前可見批評百回本《西遊記》最早的文字。陳元之在這篇序裡談到了幾個問題，其中關於小說的作者，他指出：

> 不知何人所為也。或曰：「出天潢何侯王之國」；或曰：「出八公之徒」；或曰：「出王自制」[1]。

---

[1]　見陳元之〈西遊記序〉，轉引自劉蔭柏編《西遊記研究資料》（上海市：上海古籍出版社，1990年），頁555。

可見當時就已經不確定《西遊記》的何人所作的。另外陳元之還提到
之前的《西遊記》有一篇無名氏的舊〈敘〉，內容是：

> 其敘以猻，猻也；以爲心之神。馬，馬也；以爲意之馳。

> 八戒，其所戒八也；以爲肝氣之木。沙，流沙；以爲腎氣之
> 水。三藏，藏神藏聲藏氣之三藏；以爲郭郭之主。魔，魔；以
> 爲口耳鼻舌聲意恐怖顚倒幻想之障。故魔以心生，亦以心攝。
> 是故攝心以攝魔，攝魔以還理。還理以歸之太初，即心無可
> 攝。此類以爲道道成耳。此其書直寓言哉！[2]

從引文可以了解舊敘是將小說裡的人物當作了人的生理與心理因素的
象徵和比喻，而降妖伏魔即是修練心性以臻無心無攝的太初境界，可
見其是把《西遊記》當作了降心除魔、修身證道的寓言書[3]。

對於《西遊記》的主題，陳元之則有這樣的看法「彼以爲大丹丹
數也，東生西成，故西以爲紀[4]」，他認爲小說的作者之所以著意於
《西遊》二字，是出自大丹之數「東生西成」的說法[5]，陳氏此說可
謂是清人「證道說」的先聲。

2　同上註，頁 556。
3　見李安綱：〈《西遊記》學發展源流略論〉，《運成高專學報》（1999年17卷4
　　期），頁5
4　同註2。
5　見嚴鳳梧、李安綱：〈明清《西遊記》文化思想研究概述〉，《西遊記文化學刊
　　（1）》（北京市：東方出版社，1998年11月），頁65。

二　《李卓吾先生批評西遊記》：以修心為宗旨

　　《李卓吾先生批評西遊記》為目前可知最早的《西遊記》評本，書雖題為李卓吾評，但據錢希言、盛于斯所言，實出於葉晝之手[6]。卷首有署名「幔亭過客」[7]的題詞，評點則有眉批、夾批及回後總批。

　　對於《西遊記》，李評本以為其中極多「寓言」、「隱語」，包含著微言大義，雖然表面充斥著幻筆、戲筆，但卻「暗傳密諦」，所以他認為只有不知道作者宗旨所在的人，才會把《西遊記》看成是遊戲之作。

　　關於《西遊記》的宗旨，李評本在評點有數處提及，在第一回〈靈根孕育源流出，心性修持大道生〉寫猴王尋訪神仙之道，到西牛賀州，至「靈臺方寸山」時，便夾批說：「靈臺方寸，心也[8]」，接著又批：「一部《西遊》，此是宗旨[9]」，在「三星斜月洞」後，夾批道：「斜月象一勾，三心象三點也。是心。言學仙不必在遠，只在此心[10]」；在小說第十三回〈陷虎穴金星解厄，雙叉嶺伯欽留僧〉三藏答眾僧「心生，種種魔生；心滅，種種魔滅」時，便批了「宗

6　錢希言《戲瑕》曰：「比來盛行溫陵李贄書，則有梁溪人葉陽開名晝者刻畫摹仿，
　　次第勒成，托於溫陵之名以行……批點《水滸傳》、《三國演義》、《西遊記》
　　……并出葉手，何關於李」；盛于斯《休庵影語・西遊記誤》云：「又若《四書
　　眼》、《四書評》、批點《西遊》、《水滸》等書，皆稱李卓吾，其實乃葉文通筆
　　也」。
7　幔亭過客即為袁于令，見朱一玄、劉毓忱編：《《西遊記》資料彙編》（許昌市：
　　中州書畫社，1983年），頁210。
8　見吳承恩著、李卓吾評、黃周星評：《西遊記（上）》（濟南市：山東文藝出版
　　社，1996年2月），頁12。
9　同上註。
10　同上註。

旨[11]」二字，而在本回的回後總批，則再強調「心生，種種魔生；心滅，種種魔滅。一部《西遊記》只是如此，別無些子剩卻矣[12]」。

李評本特別著《西遊記》裡「心」的論述，將之當作一部「修心」之書來看待，顯然是受到當時陸王心學影響的結果[13]。

三 謝肇淛：求放心之喻

謝肇淛，字在杭，福建長樂人，生於隆慶元年 （1567）卒於天啓四年（1624），萬曆時進士，官至廣西右布政使，著有《北河紀》、《文海批沙》等書。

謝肇淛並無論《西遊記》的專文，而是在其筆記著作《五雜組》中，爲了說明「小說野俚諸書，稗官所不載者，雖極幻妄無當，然亦有至理存焉」，將《西遊記》作爲例證之一。其文曰：

> 小說野俚諸書，稗官所不載者，雖極幻妄無當，然亦有至理存焉。如《水滸傳》無論已。《西遊記》曼衍虛誕，而其縱橫變化，以猿爲心之神，以豬爲意之馳，其始之放縱，上天下地，莫能禁制，而歸于緊箍一咒，能使心猿馴伏，至死靡他，蓋亦求放心之喻，非浪作也。……[14]

---

[11] 同上註，頁 156。

[12] 同上註，頁 155。

[13] 見嚴鳳梧、李安綱：〈明清《西遊記》文化思想研究概述〉，《西遊記文化學刊（1）》（北京市：東方出版社，1998年11月），頁 68。

[14] 謝肇淛撰、郭熙途校點：《五雜組》（瀋陽市，遼寧教育出版社，2001年2月），頁 323。

「求放心」語出《孟子・告子》[15]，是儒家性質的修養論，謝肇淛以之來詮釋《西遊記》。他認為小說故事，雖不見載於史傳，充滿想像虛幻，但其中卻蘊含著極至的道理。在《西遊記》中，以孫悟空為心的元神，豬八戒為意的奔馳，小說一開始在寫心的放縱，孫悟空闖龍宮、鬧冥府、反天界，沒有人能管的住他，後來《定心真言》一出，才將之降服，一心一意地保唐僧取經。謝氏此說對後世亦頗有影響。

第二節　清代《西遊記》的主題接受

清代出現了不少《西遊記》的評本[16]，其中又以汪象旭與黃太鴻的《西遊證道書》、陳士斌的《西遊真詮》、張書紳《新說西遊記》與劉一明的《西遊原旨》最具代表。而除了這些評本之外，清代還有一些學者開始在探求《西遊記》真正的作者，亦對小說的主題作了評論，雖然當時並不被重視，但卻對後世的《西遊記》主題接受產生了不小的影響。

本節筆者以上述的四家評點與其他學者的《西遊記》主題接受為討論對象。

---

[15] 《孟子・告子》：「仁，人心也；義，人路也。舍其路而弗由，放其心而不知求，哀哉！人有雞犬放，則知求之，有放心而不知求！學問之道無他，求其放心而已矣」。

[16] 綜合孫楷第、鄭明娳與劉蔭柏的統計，清代的西遊記評本共有以下幾種：汪象旭與黃太鴻的《西遊證道書》、蔡金注釋的《西遊記》、陳士斌的《西遊真詮》、張書紳《新說西遊記》、劉一明《西遊原旨》、張含章《通易西遊正旨》、含晶子的《西遊記評註》。見孫楷第《中國通俗小說書目》（臺北市：鳳凰出版社，1974年10月），頁166～167；鄭明娳《西遊記探源》（臺北市：文開出版社，1982年9月），頁25～28；劉蔭柏《西遊記發微》（臺北市：文津出版社，1995年9月），頁220～223。

一　汪象旭、黃太鴻《西遊證道書》：《西遊記》一書，　仙、佛同源之書也

　　汪象旭，原名淇，後改名象旭，字右子，號殘夢道人。西陵人，約清順治初前後在世，好道教[17]，爲一名奉道弟子，其著作還有《呂祖全傳》[18]、《保生碎事》、《尺牘新語》等等。

　　黃太鴻，名周星，號九煙、半非、汰沃主人、笑蒼居士。生於萬曆三十九年（1611），崇禎十三年（1640）進士，曾官戶部主事，入清不仕，友呂留良，晚年亦向道[19]，康熙十九年（1680）效屈原投水自盡，著有《夏爲堂集》、《唐詩快》等書。

　　《西遊證道書》爲汪、黃二人共同評點《西遊記》的著作[20]，卷首題「新鐫出像古本西遊證道書」，內有元代虞集所作的〈原

17　見鄭明娳：《西遊記探源》（臺北市：文開出版社，1982年9月），頁39。
18　《呂祖全傳》雖托爲呂祖撰，但實際上乃出於汪象旭之手。見楊明：《呂祖全傳》研究第二章〈《呂傳全傳》之作者及其產生背景〉，政大中國文學研究所碩士論文未定稿。
19　見劉世德編：《中國古代小說百科全書》（北京市：中國大百科全書出版社，1998年2月），頁551。
20　《西遊證道書》目錄前有「鍾山黃太鴻笑蒼子，西陵汪象旭憺漪子同箋評」正文題「西陵殘夢道人汪憺漪箋評，鍾山半非居士黃笑蒼印正」，書後有跋曰「笑蒼子與憺漪子定交有年，未嘗共事筆墨也。單門維夏，始邀過周寄，出大略堂《西遊》古本，屬其評正」，近來則有人提出《西遊證道書》的撰者爲黃太鴻而非汪象旭，但未成定論，故筆者仍以汪象旭與黃太鴻同爲《西遊證道書》的撰者。關於《西遊證道書》撰者的問題，可見《明清小說研究》1997年2期，頁59～69的吳聖昔〈《西遊證道書》撰者考辨〉一文。

序〉[21]、〈丘長春眞君傳〉、〈玄奘取經事蹟〉及〈仙詩繡像〉十七幅，每回前有署名「憺漪子」的總評，正文則有夾評。

在作者方面，他們是第一個指出《西遊記》作者爲元代丘處機的，在假托虞集所作的〈原序〉中便提到「此國初丘常春眞君所纂《西遊記》也[22]」，並對其事蹟作了說明：「按眞君在太祖時，曾遣侍臣劉仲祿萬里迎訪，……[23]」；緊接於〈原序〉之後，便刊有出於《廣仙列傳》及《道書全集》的〈丘長春眞君傳〉，傳中指出丘處機「有《磻溪名道集》、《西遊記》行於世」，可說跟〈原序〉互爲佐證；除此之外，評點中也不止一次說到丘處機是小說的作者[24]。在《西遊證道書》之前，並無人確切指出《西遊記》的作者是何人，萬曆二十年陳元之在作〈西遊記序〉時，也只能提出一些「或曰」的假設，但自《西遊證道書》此說一出後，清代《西遊記》的各種評本則莫不依循。

關於小說的主題，顧名思義，《西遊證道書》是從「證道」這個角度來詮釋《西遊記》的。汪、黃先指出「《西遊記》一書，仙、佛同源之書也」，他們認爲小說中，「自取經到成正果」，都是「佛家之事」，而其中又夾雜了「心猿意馬」、「木母金公」、「嬰兒妊女」等等的「玄門妙諦」，所以「豈非仙佛合一者乎」，接著，汪、

---

[21] 虞集〈序〉爲汪象旭所僞造，今有鄭明娳、吳聖昔等學者考之甚詳，見鄭明娳：《西遊記探源》，（臺北市：文開出版社，1982年9月），頁148～151。吳聖昔：〈《西遊記證道書》原序是虞集所撰嗎〉，《明清小說研究》（1991年3期），頁51～63。

[22] 見吳承恩著、李卓吾評、黃周星評：《西遊記（上）》（濟南市：山東文藝出版社，1996年2月），頁1。

[23] 同上註。

[24] 如七十八回回前總評論《西遊記》中爲何獨斥妖道不斥妖僧時，提到「竊丘祖之意，豈眞以不肖待無黨哉？」，又如在第一百回回前總評說「無不知丘祖當日何所觸而發此想，何所會而成此書」。

黃還將修仙成佛之道統合於「修心」一義，他說：

> 而仙、佛之道，又總不離乎一心。此心果能了悟，則萬法歸
> 一，亦萬法皆空。故未有悟能、悟淨，而先有悟空。所謂成佛
> 作祖，皆在乎此。此全部《西遊》之大旨也[25]。

簡單來說，《西遊記》爲講仙佛同源的修心之書，就是他們對小說
主題的看法。汪、黃注重小說的修心之義，除了本身的體悟外，不可
否認的，是受到《李卓吾先生評西遊記》的影響，如兩者在小說第一
回「靈臺方寸山」下，皆批「靈臺方寸，心也」，在「斜月三星洞」
下，都曰「斜月像一勾，三星像三點，也是心。言學仙不必在遠，只
在此心」等等。

　　此外，值得注意的是，《西遊證道書》還將唐僧、悟空、八戒、
沙僧及龍馬配與五行：

> 若以五項配五行，則心猿主心，行者自應屬火無疑。而傳中屢
> 以木母、金公分指能、淨，則八戒應屬木，沙僧應屬金矣。獨
> 三藏、龍馬未有專屬，而五行中偏少水、土二位，寧免缺陷？
> 愚謂土爲萬物之母，三藏既稱師父，居四眾之中央，理應屬
> 土。龍馬生於海，起於澗，理應屬水[26]。

但其說法顯然是有缺失的，就小說中某些回目與其內容所言，如第

---

[25] 見吳承恩著、李卓吾評、黃周星評：《西遊記（上）》（濟南市：山東文藝出版
社，1996年2月），頁2。
[26] 見吳承恩著、李卓吾評、黃周星評：《西遊記（上）》（濟南市：山東文藝出版
社，1996年2月），頁2～3。

四十七回「金木垂慈救小童」、八十六回「金公施法滅妖邪」，悟空應屬「金」；第八十八回「心猿木土授門人」中，指出沙僧屬「土」，對於這種相左的情況，汪氏也注意到了，不過汪、黃自有一番解釋——「然五行原非大段，剖析不得，分則爲五，合則爲一。且一行中亦具有五行，如土本生金，而土中何嘗無木，……[27]」。

《西遊證道書》在《西遊記》的作者、主題、版本[28]等問題上，都有著相當重要的地位，它使的「《西》係丘所作『證道』小說的結論，幾乎統治了有清一代《西》之論界」[29]。

二 陳士斌《西遊真詮》：西遊一書，講金丹大道，只講得性命二字

陳士斌，字允生，號悟一子，浙江紹興府山陰縣人，生平不詳，約清聖祖康熙中前後在世[30]。《西遊真詮》[31]爲其評點《西遊記》的著作，書前還有尤侗爲他作的序，評文俱爲回末批。

對於前人《西遊記》的評點，陳士斌認爲：

> 說者謂此二句了了全書宗旨，別無些子剩卻，噫，認人心爲道心，是認心爲道，認假爲眞，大錯了也。不知此心種種皆魔，

---

27 同上註，頁 3。

28 汪象旭自言得大略堂釋厄傳古本，增加了世德堂本所無的「陳光蕊赴任逢災，江流生復本報仇」一回，自此以後，所有清代晚出的各種刊本皆仿效之。由於版本問題與本論文所討論的「主題」無關，故只於此處略提。

29 見胡義成：〈《西遊記》作者和主旨再探〉，《中國文化月刊》（2001年6月 225期），頁 109。

30 見鄭明娳：《西遊記探源》（臺北市：文開出版社，1982年9月），頁40。

31 筆者所用爲陳士斌《西遊眞詮》（上海市：上海古籍出版社，1990年），以下引文不再註出版項。

> 務須斬減除根，切要剛強、剛斷而已，若心滅已了宗旨，何必
> 又向西方取大乘眞經耶？……[32]

在九十八回，又說：

> 讀者又以爲此書爲仙佛同源，而道爲入室升堂，禪爲登峰造
> 極，似矣。不知此書專爲仙家金丹大道而發，……[33]

把「心生總總魔生，心滅種種魔滅」當作小說宗旨的，是《李卓吾
先生評《西遊記》》，以爲《西遊記》是「仙佛同源之書」的，則是
《西遊證道書》，可見陳士斌對李卓吾、汪象旭與黃周星等人的《西
遊記》看法是不以爲然的。

　　在作者的問題上，《西遊眞詮》承繼了《西遊證道書》的說法，
亦認爲丘處機是《西遊記》的作者，尤侗在序中就提到「而世傳爲丘
長春之作，……然長春之意，引而不發」，而陳士斌在評點中也則屢
稱其爲「仙師」[34]。

　　對於《西遊記》，陳士斌主要是以《參同契》、《悟眞篇》、
《易經》的道理來詮釋的，他認爲：

> 西遊一書，講金丹大道，只講得性命二字，實只是先天眞乙之
> 氣[35]。

32　第十三回回末批。
33　第九十八回回末批。
34　如第二回「仙師早已明白顯露於此」、第六回「仙師立言之妙如此」與第八回「仙
　　師恐世人愚昧」等等。
35　見第五十回回末批。

所謂的「金丹」，是還丹金液的略稱，道教以爲服之能長生不老，葛洪在《抱朴子・金丹篇》中說「夫金丹之爲物，燒之愈久，變化愈妙。黃金入火百鍊不消，埋之畢天不朽。服此二物，鍊人身體，故能令人不老不死」[36]，唐宋前，外丹術盛，金丹多指外丹，唐宋以後，內丹術興，金丹則多指內丹而言；而所謂的「性命」，簡單來說，「性」指的是人的精神，「命」指的是人的肉體，兩者皆來自先天眞乙之氣，所以陳士斌認爲「修性命者」，就是「修此一氣」。接著，陳氏還指出小說中有時用正言，有時從反面來講，有時「戲謔閒情，發本然之理」，有時「冷語微詞，示下手之功」，連其中的「千魔萬怪」，也都只是在闡明這個道理罷了[37]。

　　由於認爲《西遊記》是講演金丹大道，所以在實際分析小說的內容時，陳氏也賦予此種性質的意義，舉例來說，他指出第二十四到第三十回的故事，「總發明服食金丹，唯一身之原本也」[38]；而第四十回、四十一、四十二回，則「皆明得丹之後，全要見性明心，上徹下悟，掃除六欲，參禪定慧，面壁無爲，而幾神化也」[39]，第八八、八九、九十此三回與第九十一、九十二兩回相對，前者表「內五形法象」，後者表「外五行法象」，主要在「明外丹之火侯不可錯失也」[40]等等。

---

[36] 見葛洪著、李中華注釋：《新譯抱朴子》（臺北市：三民書局，1996年4月），卷四，頁87。

[37] 同註35。

[38] 見第二十四回回末批。

[39] 見第四十回回末批。

[40] 第九十一回回末批。

三 張書紳《新說西遊記》：《西遊》一書，原是證聖賢儒者之道

　　張書紳，字道存，號南薰，三晉古西河人氏（今山西汾陽），約生於康熙四十九年（1710）前後，乾隆三十七年（1772）仍在世[41]，好讀書，富撰述，性廉慎，曾官廣東同知，權大埔縣事，所涖有循聲，後因觸怒上官，遂挂彈章。

　　《新說西遊記》[42]成於乾隆十三年，書前有〈自序〉、〈目錄賦〉、〈經書題目錄〉、〈氣稟人欲目錄〉、〈總論〉、〈總批〉與〈目錄賦〉，每回有回前批、正文有夾批。

　　對於前人的諸種證道之說，張書紳是抱持著否定的態度，他認爲：

> 此書由來已久，讀者茫然不知其旨，雖有數家批評，或以爲講禪，或以爲談道，更又以爲金丹採煉，將古人如許之奇文，無邊之妙旨，有根有據之學，更目爲荒唐無益之談，良可歎也[43]。

又說：

> 《西遊》一書，古人命爲證道書，原是證聖賢儒者之道。至於

---

[41] 見趙摰寰：〈清張書紳的《新說西遊記》、《西遊正旨》及其事蹟〉，《山西圖書館學報》（1992年1期），頁62。

[42] 筆者所用爲張書紳《新說西遊記》（上海市：上海古籍出版社，1990年），以下引文不再註出版項。

[43] 見〈自序〉。

證仙佛之道，則誤矣。[44]

那麼所謂的「聖賢儒者之道」是什麼呢？張書紳在〈總論〉則明白地指出：

今《西遊記》是把《大學》誠意正心，克己明德之要，竭力備細，寫了一書，明顯而易見，卻然可據。不過借取經一事，以寓意耳，亦何有于仙佛之事哉！[45]

「遊」即是「學」字，人所易知。「西」即是「大」字，人所罕知。是《西遊》二字，實註解《大學》二字。[46]

三藏眞經，蓋即明德新民止至善之三綱領也。而云西天者，蓋西方屬金，言其大而且明，以此爲取，其德於日進于高明，故明其書曰《西遊》，實即《大學》之別名。[47]

《西遊》一書，自始至終，皆言誠意正心之要，明新至善之學，並無半字涉于仙佛淫邪之事。[48]

44　見〈總批〉。
45　同上註。
46　同上註。
47　同上註。
48　同上註。

從上述幾段引文可以看出，張書紳是以儒家的角度來詮釋《西遊記》，把《大學》中所言的修養之道當作小說的主題了。

在作者的問題上，張書紳跟當時評點《西遊記》的人一樣，都以為丘處機就是《西遊記》的作者，但對於丘處機的為人，卻有與眾不同的看法：

> 憶丘長春，亦一時之大儒賢者，乃不過托足於方外耳！
> 味其學問文章，品誼心術，無非經時濟世，悉本于聖賢至正之道，更無方外的一點積習，……[49]

丘處機在《元史》裡被列入〈釋老列傳〉，可見其為一個宗教人士，但在張書紳《西遊記》是一部「證聖賢儒者之道」小說的前提下，他便不得不脫去全真教宗師的外衣，而被解釋為是一個假托方外的儒士了。

在評點中，張書紳還談到小說的結構，其分析亦與主題的看法吻合，他將《西遊記》分作三大段：第一大段是第一回到第二十六回，其中包含了「大學之道」、「在明明德，在新民，在止於至善」與「克明峻德」等二十二個題目，主要在「發明《大學》誠心正意之要」；第二大段從二十七回開始，到第九十七回為止，其間共有「戒之在色」、「生財有大道」與「思無邪」等二十七個題目，主在「雜引經書，以見氣稟所拘，人欲所蔽，則有時而昏也」；第三大段為九十八回到第一百回，「總結明新止至善，收挽全書之格局，該括一部書之大旨」。

對於小說的各回內容，就算是一些小細節或佛道教的名詞，張書紳也多極力索求，賦予儒家的意義，如在第七十回孫行者以杯中之酒

---

[49] 同上註。

滅西門之火時，他評道「仁之勝不仁，原如水之勝火。引證孟子，轉
爲仁，奇絕」[50]；又如第九十八回提到「如來至尊釋迦牟尼文佛」，
他便接著批「釋字妙文，尼字更妙。一部大學其傳十章莫非釋文宣仲
尼修身齊家之要信，非世俗所言之佛也」[51]。以上種種，多不勝數。

四　劉一明《西遊原旨》：闡三教一家之理，傳性命雙修之道

　　劉一明，生於雍正十二年（1734）卒於道光元年（1821），山
西區沃人，號悟元子、素樸子、披褐散人，是當時有名的道士，係龍
門派第十一代傳人[52]。家本巨富，後因病入道，拜龕谷老人、仙留
丈人爲師，精於醫術，「三教經書，無不細玩」[53]，「得《參同》、
《悟眞》之旨，講《易》、《太極圖》、《先天圖》」[54]，著述甚
豐，有《周易闡眞》、《參同直指》、《悟眞直指》等書。

　　《西遊原旨》爲劉一明評點《西遊記》的著作[55]，卷首有序六
篇，分別是瞿家鑒〈重刊西遊原旨序〉、蘇寧阿〈悟元子注西遊原旨
序〉、梁聯第〈棲雲山悟元道人西遊原旨序〉、楊春河〈悟元子西遊
原旨序〉、劉一明〈西遊原旨序〉與〈西遊原旨再序〉，序後還有
〈長春演道主教眞人丘祖本末〉、〈西遊原旨讀法〉、〈西遊原旨

---

[50]　見第七十回夾批。

[51]　見九十八回夾批。

[52]　見劉寧：《劉一明修道思想研究》（成都市：巴蜀書社，2001年8月），頁3。

[53]　見《會心內集》，收於《藏外道書》（成都市：巴蜀書社1994年），頁660。

[54]　見（清）楊昌濬等：《重修皋蘭縣志》（1917年石印本），卷二十七。

[55]　筆者所用爲劉一明：《西遊原旨》（上海市：上海古籍出版社，1990年），以下
　　引文不再註出版項。《西遊原旨》亦有單注本，不載《西遊記》原文，收於《道書
　　十二種》。

歌〉、〈目錄〉及〈西遊圖像〉八頁，每回小說原文後有尾批。

　　劉一明也認為《西遊記》是丘處機所作的，他在《西遊原旨‧序》的開頭便指出「《西遊記》者，元初長春丘真君所著也」，並認為丘處機在這本「神仙之書」中，暗藏了「天機」，顯露了「心法」。

　　對於前人的《西遊記》詮解，劉一明主要批評了汪象旭的《西遊證道書》和陳士斌的《西遊真詮》。對於《西遊證道書》，劉一明是駁斥的，他指出：

> 澹漪道人汪象旭，未達此義，妄意私猜，僅取一葉半簡，以心猿意馬，畢其全旨，且注腳每多戲謔之語，狂妄之詞。咦！此解一出，不特埋沒作者之苦心，亦且大誤後世之志士，使千百世不知《西遊》是何書者，皆自汪氏始。[56]

至於《西遊正旨》，劉一明基本上則是認同的，並給予不低的評價，但另一方面，他又認為其說不夠完善：

> 自悟一子陳先生《真詮》一出，諸偽顯然，數百年埋沒之《西遊》，至此方得釋然矣。但其解雖精，其理雖明，而於次第之間，仍未貫通，使當年原旨，不能盡彰，未免盡美而未盡善。[57]

---

[56] 見劉一明：〈西遊原旨序〉。
[57] 同上註。

又

　　雖悟一子《眞詮》，爲《西遊》注解第一家，未免亦有見不到
　　處。[58]

對於小說的主題，劉一明指出《西遊記》是「闡三教一家之理，傳性
命雙修之道」，「三教一家」、「性命雙修」是全眞教的教理，身爲
全眞道士的劉一明，自然會以此期待視野來閱讀小說。他認爲西天取
經發揚了佛教經典《金剛經》、《法華經》的經義，九九歸眞說明了
道教《周易參同契》、《悟眞篇》的秘奧，而唐僧師徒五眾演述了儒
家《河圖》、《周易》的道理；而小說前七回的故事，合說了從有爲
進入到無爲，由修命到修性的歷程，後面的九十三回，則講修性到修
命，從有爲再反至無爲。

　　「性命雙修」是全眞教修練內丹的的功法，所以劉一明將《西
遊記》視爲「古今丹經中的一部奇書」，他認爲前七回中，「丹法次
序、火候工程，無不具備」，而其後的九十三回，如芭蕉洞也講了火
候次序的問題，通天河說的是分別藥物斤兩，而朱紫國寫的是招攝作
用，如果讀者能從之好好的體悟，「則金丹大道，可的其大半矣」。

　　此外，劉一明亦從五行來解釋書中人物，不過與前人看法有所不
同，他認爲唐僧是「太極之體」，三徒是「五行之體」，悟空是「水
中金」、八戒是「火中木」，沙僧則爲「眞土」。

58　見劉一明：〈西遊原旨讀法〉。

五　清代其他的《西遊記》作者與主題說

在評點家咸認爲《西遊記》的作者是元代的丘處機，並紛紛以證道模式解讀小說的同時，另外有一些學者則在考訂小說的眞正作者，並以之對小說的主題作出評論。

最先提出小說作者並非丘處機而爲吳承恩的是吳玉搢。他在乾隆十年（1746）修纂《山陽縣志》時，發現了明代天啓年間《淮安府志‧藝文志‧淮賢書目》記載「吳承恩《射陽集》四冊□卷，《春秋列傳序》，《西遊記》」後，在《山陽志遺‧卷四》中說：

> 嘉靖中，吳貢生承恩字汝忠，號射陽山人，吳淮才士也。……天啓舊志列先生爲近代文苑之首，云「性敏而多慧，博極群書，爲詩文下筆立成，復善諧謔，所著雜記幾種，名震一時。」初不知雜記爲何等書，及閱《淮賢文目》載《西遊記》爲先生著，……而《郡志》謂出先生手，天啓時去先生未遠，其言必有所本。意長春初有此記，至先生乃爲通俗之演義，如《三國志》本陳壽，而演義則稱羅貫中也。書中多吾鄉方言，其出淮人手無疑也。或云有《後西遊記》，爲射陽先生撰。[59]

吳玉搢這裡有三點值得吾人注意，首先是他據天啓《淮安府志》，瞭解了吳承恩的生平，認爲他是小說《西遊記》的作者，並指出《西遊記》中有許多「吾鄉方言」，所以必是出於「淮人之手」。

其次是他企圖說明丘處機、吳承恩跟《西遊記》的關係。也許是

---

[59]　見吳玉搢：《山陽志遺》轉引自朱一玄、劉毓忱編：《《西遊記》資料彙編》（許昌市：中州書畫社，1983年），卷四，頁169～171。

因爲當時不少人都認定《西遊記》是丘處機所作，且吳玉搢並不知道或沒見過《長春眞人西遊記》一書[60]，所以他沒有斷然地認定丘處機跟小說無關，而是認爲爲丘、吳二人跟《西遊記》都有關係，就像陳壽作《三國志》在先，而羅貫中鋪陳爲《三國演義》在後一樣，《西遊記》先有丘處機的「記」，而吳承恩因之敷衍爲小說。

　　再者是提出有人認爲《後西遊記》作者是吳承恩。《後西遊記》是《西遊記》諸種續書之一，內容寫石猴小行者、豬一戒及沙彌輔大癲和尙唐半偈往西天求取眞解，途中歷經種種魔難，終至靈山，得解而返，亦成正果。《後西遊記》的作者不詳，歷來有吳承恩、梅子和、天花才子與無名氏作等說，魯迅與蘇興皆以爲吳承恩並非《後西遊記》的作者，但吳達芸認爲尙少積極證據[61]。

　　繼吳玉搢後，阮葵生在乾隆三十六年（1771）撰《茶餘客話》時，也提出吳承恩爲《西遊記》作者的說法：

> 按舊志稱：射陽性敏多慧，爲詩文下筆立成，復善諧謔，著雜記幾種。惜未著雜記書名，惟《淮賢文目》載射陽撰《西遊記通俗演義》。是書明季大盛，里巷細人樂道之，而前此亦未之有聞。世乃稱爲證道之書，批評穿鑿，謂吻合金丹大旨，前冠

---

[60] 冒廣生在〈射陽先生文存跋〉中指出吳玉搢「蓋未見長春眞人《西遊記》耳」所以才會將長春眞人《西遊記》與吳承恩《西遊記》兩本「渺不相涉」的書強加聯繫；魯迅在《小說舊聞鈔》亦說「此與李志常所記之《長春眞人西遊記》，自是二書，吳蓋未見李志常記，故有此說」。冒廣生之言見劉修業輯校《吳承恩詩文集附錄》，轉引自朱一玄、劉毓忱編《《西遊記》資料彙編》，（許昌市：中州書畫社，1983年），頁 187；魯迅之言見《魯迅小說史論文集・小說舊聞鈔》（臺北市：里仁書局，1992年），頁 322。

[61] 以上四說可見吳達芸：《後西遊記研究》（臺北市：華正書局，1991年7月），頁1～7。

以虞道園一序，而尊爲長春真人秘本。亦作偽可嗤者矣。按明
《郡志》未出於射陽手，射陽去修志時未遠，豈能以通俗通行
之元人小說攘列己名？或長春初有此記，射陽因而演義，極誕
幻詭變之觀耳，亦如《左氏》之有《列國志》，《三國》之有
《演義》。觀其中方言俚語，皆淮上之鄉音街談，巷弄市井婦
孺皆解，而他方人讀之不盡然，是則出淮人之手無疑[62]。

阮葵生所依據的材料與吳玉搢相同，思路推論也類似，不過他除了從
書中有「方言俚語」爲證據外，還指出小說《西遊記》明季才大盛，
之前則未聞，《西遊證道書》的虞集〈序〉是偽作，加強了吳承恩是
《西遊記》作者的可信度。除此之外，阮葵生還對《西遊記》的主題
發表意見，謂：

> 然射陽才士，此或其少年狡獪，遊戲三昧，亦未可知。要不過
> 爲村翁俗童笑資，必求得修練秘訣，則夢中說夢……[63]

在這裡他提出遊戲說取代證道說，對於後來的學者是有一定的影響
的[64]。

　　同一時期，有些學者雖未見過天啓《淮安府志》，但卻從其他的
證據去否定《西遊記》爲（元）丘處機所作，如錢大昕和紀昀。錢大
昕在〈長春真人西遊記跋〉說：

---

[62] 見阮葵生：《茶餘客話》，轉引自朱一玄、劉毓忱編：《《西遊記》資料彙編》
　　（許昌市：中州書畫社，1983年），卷二十一，頁172～173。

[63] 同上註。

[64] 筆者以爲阮葵生此說影響了胡適與魯迅對《西遊記》的看法。

> 《長春眞人西遊記》二卷，其弟子李志常所述，于西域道理風
> 俗，頗足資考證。而世鮮傳本，于始於《道藏》抄得之。村俗
> 小說有《唐三藏西遊演義》，乃明人所作。蕭山毛大可據《輟
> 耕錄》以爲出於丘處機之手，眞郢書燕説矣[65]。

錢氏指出丘處機曾經西行，他的弟子李志常記述了他的經歷，寫成了
《長春眞人西遊記》一書，收於《道藏》中，而小說《西遊記》則是
明朝人所撰，兩書名同實異。由於錢大昕指出丘處機另有《長春眞人
西遊記》一書，與小說無涉，後人因此逐漸釐清兩者關係。

紀昀則在《閱微草堂筆記・如是我聞》中言：

> 吳雲巖家扶乩，其仙亦云丘長春，一客問曰：西遊記果仙師所
> 作，以演金丹奧旨乎？批曰然。又問仙師書作於元初，其中
> 祭賽國之錦衣衛、朱紫國之司禮監、滅法國之東城兵馬司，唐
> 太宗之大學士、翰林院、中書科，皆同明制，何也？乩忽然不
> 動，再問之，不復答，知已詞窮而遁矣。然則西遊記爲明人依
> 托無疑也[66]。

紀昀從小說中的職官同於明制，不可能是元初人所會知道的，證明
《西遊記》爲「明人所依託」。有趣的是，紀昀以扶乩的問答來否定
道士丘處機爲小說的作者，不無嘲諷意味。

嘉慶時的學者兼戲曲家焦循在《劇說》中，引紀昀、阮葵生之

---

[65]　見錢大昕：《潛研堂文集》，轉引自朱一玄、劉毓忱編：《《西遊記》資料彙編》
　　　（許昌市：中州書畫社，1983年），卷二十九，頁173。

[66]　見紀昀：《閱微草堂筆記・如是我聞》，轉引自朱一玄、劉毓忱編：《《西遊記》
　　　資料彙編》（許昌市：中州書畫社，1983年），頁174。

說，指出「丘長春……固有《西遊記》，非演義之《西遊記》」，而小說故事自有所本，「演義之《西遊記》，本唐玄奘《西域志》。白馬馱經，松枝西指，亦有所本；若猿、龍者，則《目連救母》戲中亦有之」；值得注意的是，他從《西遊記》中寫黃袍怪為奎星所化，認為《西遊記》是作者的抒發科舉連試不中之作：

> 今揆作者之意，則亦老於場屋者憤郁之所發也。黃袍怪為奎宿所化，其指可見[67]。

樸學家丁晏在嘉慶、道光年間完成的《石亭記事續編》中，檢索了天啟《淮安府志》，並博採錢大昕、紀昀的說法，且也以方言為據，力證小說《西遊記》與丘處機無關，作者應為吳承恩。雖然如此，但丁晏仍以為《西遊記》為證道書，謂：

> 《西遊記》雖虞初之流，然膾炙人口，其推衍五行，頗契道家之旨，故特表而出之，以見吾鄉之小說家，尚有明金丹奧旨者……[68]

道光、咸豐年間的陸以湉在《冷廬雜識》中，引丁晏的說法，斷《西遊記》為吳承恩作，但他卻也認為「西遊記推衍五行之旨，視它演義書為勝」[69]。

---

[67] 見焦循：《劇說》，轉引自朱一玄、劉毓忱編：《《西遊記》資料彙編》（許昌市：中州書畫社，1983年），卷五，頁178～179。

[68] 見丁晏：《石亭記事續編》，轉引自朱一玄、劉毓忱編：《《西遊記》資料彙編》（許昌市：中州書畫社，1983年），頁177～178。

[69] 見陸以湉：《冷廬雜識》，轉引自朱一玄、劉毓忱編：《《西遊記》資料彙編》（許昌市：中州書畫社，1983年），卷四，頁181。

　　與陸以湉差不多的同時的俞樾，參照了錢大昕的說法，指出「世傳《西遊記》是丘眞人所作，藉以演金丹之旨」是「妄傳」[70]，並認爲「不如託之宗泐，尙是釋家本色」，因爲小說中雖有些道家煉丹的名詞，卻也有些能附會於佛教經典的用語[71]。

第三節　小結

　　關於明代的《西遊記》主題接受，筆者探討了陳元之、《李卓吾先生批評西遊記》與謝肇淛的看法。陳元之的〈西遊記序〉爲目前可知可見最早的《西遊記》評論，其主題說帶有修心證道、大丹之數的色彩，而其後的《李卓吾先生批評西遊記》與謝肇淛則著重於「修心」之義。

　　對於清代《西遊記》的主題說，筆者討論了《西遊記》四家評點，依次爲汪象旭與黃太鴻的《西遊證道書》、陳士斌的《西遊眞詮》、張書紳《新說西遊記》與劉一明的《西遊原旨》。汪象旭與黃太鴻的《西遊證道書》首言小說爲元代的丘處機所作，並以「證道」

---

[70]　俞樾：《小浮梅閑話》，轉引自朱一玄、劉毓忱編：《《西遊記》資料彙編》（許昌市：中州書畫社，1983年），頁184。

[71]　俞樾在《九九消夏祿》中言：「丘長春《西遊記》，人多知之。《千頃堂書目》有僧宗泐《西遊集》一卷。此書無傳本，世罕知者。宗泐字季潭，臨安人。洪武初，舉高行沙門，命往西域求遺經，還授左善世。《西遊集》蓋其奉使求經，道路往還時所作，見聞既異，記載未必可觀。今俗有《西遊記衍義》，託之丘長春，不如託之宗泐，尙是釋家本色。雖金公木母，意近丹經，然意馬心猿，未使不可傅會梵典也」，轉引自朱一玄、劉毓忱編：《《西遊記》資料彙編》：（許昌市：中州書畫社，1983年），頁184～185。筆者按：在黃虞稷《千頃堂書目》中，宗泐的《西遊集》全名爲《全室西遊集》，被歸於集部別集類。見氏著：（上海市：上海古籍出版社，2001年7月），頁697。

的角度對《西遊記》作出詮解,而後的評點者雖對其主題的看法有所不同,但基本上都是這樣的詮釋策略下展開對《西遊記》主題的接受。[72]

在以丘處機爲作者,並以「證道」爲《西遊記》主題主流看法的同時,吳玉搢天啓《淮安府志》,依小說中多有「吾鄉方言」爲據,力證吳承恩才是小說《西遊記》的作者,阮葵生還提出遊戲說來取代證道說,隱然孕育出後代人(如胡適、魯迅)的看法;錢大昕則指出丘處機另有《長春眞人西遊記》,小說《西遊記》乃爲明人所作;紀昀則從《西遊記》的職官皆爲明制來否定丘處機爲小說作者。其後焦循、丁晏、陸以湉等人也多取吳、阮、錢、紀對《西遊記》作者的看法,焦循還從小說中寫黃袍怪爲奎星所化,認爲《西遊記》是作者的抒發科舉連試不中之作,而丁晏、陸以湉則仍然以爲小說「明金丹奧旨」,「西遊記推衍五行之旨,視它演義書爲勝」。

---

[72] 鄭明娳指出:「汪本『證道』之說一出,開後來陳士斌、張書紳、劉一明等人箋注的附會」。見氏著:《西遊記探源》,(臺北市:文開出版社,1982年9月),頁26。

第三章　二十世紀初至二〇年代《西遊記》的主題接受

本章共分三節，前二節分別討論二十世紀初與二〇年代兩時期《西遊記》主題接受的情形，第三節則為本章小結

第一節　二十世紀初《西遊記》的主題接受

自一八四〇年鴉片戰爭，西方列強勢力倚其武力打開了中國閉關自守的大門後，朝野人士體認到西方物質文明的優勢，「師夷長技以制夷」的思想由是而興，因此開始輸入引進西方文化。但由於此時對西學的了解是比較表面的，一般認為中國所不如人的只有在武器機械方面，如李鴻章認為「中國文武制度，事事遠出西人之上，獨火器萬不能及。……中國欲自強，則莫如學習外國利器」[1]，是故所學習的「長技」主要只限於「戰艦」、「火器」、「養兵、練兵」諸端而已。

到了一八九四年甲午戰爭我國敗於日本之後，國人才反省到之前的學習西學只是襲其皮毛，「中學為體，西學為用」是行不通的，正如梁啟超所說的「謹按自甲午以前，我國士大夫言西法者，以為西人之長，不過在船堅炮利，機器精奇，故學之者亦不過炮械船艦而已，此時我國致敗之由也」，又說「日本變法，則先其本；中國變法，則

---

[1] 見李鴻章：〈致總理衙門書〉，《籌辦夷務始末》（臺北市：國風出版社，1963年），第五冊，頁624。

務其末,是以事雖同,而效乃大異也。故今日之計,莫急於改憲法,必盡取其國律、民律、商律、刑律等書而廣譯之」,認為更應學習其「體」——政教刑章、文物制度,才能真正地以致富強。可以說,西方文化較全面的輸入中國,是從此時才開始的。

在這個時期裡,不少人認為小說具有「不可思議之力支配人道故」,且聽聞「歐、美、東瀛,其開化之時,往往得小說之助」,「往往每一書出,而全國議論為之一變」,所以開始重視小說,提高其地位,將之視為國家改革的工具,但由於中國傳統小說大抵「不出誨淫穢盜二端」,是國人不良思想的來源[2],故要革新道德、政治與風俗之前,就必須藉助於域外小說的翻譯了[3]。

此時域外小說的翻譯,主要是從政治小說開始,後來進而擴大範圍,兼及了哲理、科學、軍事、冒險、偵探等種種類型的小說[4],而當時小說出版的情形,在數量上是翻譯多於創作的[5]。

由於西方的文化、小說進入了國人的視野,所以他們在評論研究

---

[2] 梁啟超認為傳統小說是國人不良思想的來源:「吾狀元宰相之思想何自來乎?小說也。吾中國人佳人才子之思想何自來乎?小說也。吾中國人江湖盜賊之思想何自來乎?小說也。吾中國人妖巫狐鬼之思想何自來乎?小說也。」見梁啟超〈論小說與群治之關係〉,原載《新小說》1902年第一號,轉引自陳平原、夏曉虹編:《二十世紀中國小說理論資料》(北京市:北京大學出版社,1997年2月),卷一,頁53。

[3] 陳平原指出在1840～1896年間,域外小說的譯作只有七篇(部),且在當時並不受到關注,直到1896年以後,由於政治的關係,域外小說才被大量的譯介,也才開始受到國人重視。見氏著:《二十世紀中國小說史》(北京市:北京大學出版社,1997年7月),卷一,頁28～34。

[4] 見阿英著:《晚清小說史》(北京市:東方出版社),頁210～211。

[5] 覺我曾統計1907年所印行的小說,指出「著作者不得一二,翻譯者十居八九」,見覺我〈余之小說觀〉,原載《小說林》1908年第十期,轉引自陳平原、夏曉虹編:《二十世紀中國小說理論資料》(北京市:北京大學出版社,1997年2月),卷一,頁333。阿英也以為翻譯小說佔晚清小說總數量的三分之二,見氏著:《晚清小說史》(北京市:東方出版社),頁210。

傳統小說時，無論自覺或不自覺，都開始從這個新基礎出發並作出新
的詮釋與評價。

一　俠人、周桂笙：《西遊記》可謂科學小說

　　俠人，生平不詳，他並無論《西遊記》的專文，而是於一九○
五年第十三號《新小說》中，在爲了說明「吾國小說之價值，眞過於
西方萬萬也」而作種種方面比較時，提及了《西遊記》一書。他先指
出：

> 或曰：西洋小說尚有一特色，則科學小說是也。中國向無此
> 種，安得謂其勝于西洋乎[6]？

「科學小說」是晚清由國外譯介進來並極力提倡的一種新的小說類
型，主要以小說形式來說明科學原理，在當時小說家的眼中，它比
一般「臚列科學，常人厭之，閱不終卷，輒思睡去[7]」的科學書籍能
令讀者不生厭倦，並不知不覺、不勞思索、觸目會心地「獲一般之
智識，破遺傳之迷信[8]」，是「啓智密鑰，闡理玄燈[9]」。中國沒有

---

[6]　原載於《新小說》1905年第十三號，轉引自陳平原、夏曉虹編：《二十世紀中國小
　　說理論資料》（北京市：北京大學出版社，1997年2月），卷一，頁93。
[7]　原載周樹人1903年〈《月界旅行》辨言〉，轉引自陳平原、夏曉虹編：《二十世
　　紀中國小說理論資料》（北京市：北京大學出版社，1997年2月），卷一，頁68。
[8]　同上註。
[9]　原載於1905年〈謹告小說林社最近之趣意〉，轉引自陳平原、夏曉虹編：《二十
　　世紀中國小說理論資料》（北京市：北京大學出版社，1997年2月），卷一，頁
　　173。

科學小說，是當許多人共同的想法[10]，既然如此，怎能說中國小說優
於西洋小說？對於這樣的詰問，俠人認為這是因中國科學不發達的緣
故，並不是小說界的問題，而且俠人更認為如果「以中國大小說家之
筆敘科學」，將會寫得比西洋人還好[11]，接著他又說：

> 且中國如《鏡花緣》、《蕩寇志》之備載異聞，《西遊記》之
> 暗證醫理，亦不可謂非科學小說也。

俠人認為記載異事奇聞的《鏡花緣》、《蕩寇志》與有醫學內容的
《西遊記》，其實都可以算是科學小說[12]。俠人因為在於其腦中已有
這個從國外譯介進來「科學小說」種種的先設概念，所以他在閱讀中
國小說時，注意到的就是小說中跟科學有關的內容，由於《西遊記》
裡講到了一些醫學知識，自然而然他就認為《西遊記》是一本「科學
小說」。

---

[10] 如定一、管達如、成之等人都有此種看法。定一認為「……補救之方，必自輸入政
治小說、偵探小說、科學小說始。蓋中國小說中，全無此三者性質，而此三者，尤
為小說全體之關鍵也」；管達如也以為科學小說「中國舊時無之，近來譯事勃興，
始出見于社會……」；成之則說「科學小說，此為近年之新產物」等等。見陳平
原、夏曉虹編：《二十世紀中國小說理論資料》（北京市：北京大學出版社，1997
年2月），卷一，頁99、頁454。

[11] 俠人認為「若以中國大小說家之筆敘科學，吾知其佳必遠過于西洋」，筆者以為這
是因為在此文的前半部，俠人比較中西小說在分類、人物與事件種類的多寡、卷帙
繁簡、情節發展等方面時，除中國小說分類比不上西方精細外，於其他各處皆優於
西方之緣故。

[12] 含有異聞與醫學內容的古典小說，在晚清小說家的眼中，都常被認為算是科學小說
或是符合科學。如定一認為「中國無科學小說，惟《鏡花緣》一書足以當之」，原
因就在於「其中所載醫方，皆發人之所未發，屢試屢效……」；耀公在〈小說發達
足以增長人群學問之進步〉提到：「如《鏡花緣》之博，地理、哲學，即格致之影
子也」。轉引自陳平原、夏曉虹編：《二十世紀中國小說理論資料》（北京市：北
京大學出版社，1997年2月），卷一，頁97、頁314。

　　從「科學小說」這種小說類型的角度來看待《西遊記》，無疑是《西遊記》接受過程中的一種創新，但俠人這樣的歸類是否恰當呢？就《西遊記》全書來看，講到醫學知識的，主要為第六十八回、六十九回（故事主要內容是寫孫悟空為朱紫國國王看診施藥），篇幅只佔全書的五十分之一，而俠人僅僅因這些內容就將《西遊記》定位為科學小說，則未免以偏概全了。

　　無獨有偶，除了俠人外，周桂笙對《西遊記》也有類似的看法。周桂笙（1863～1926），字樹奎，兼通英法文，與吳趼人同為《月月小說》主編，主要翻譯偵探小說，但也曾翻譯過科學小說《地心旅行》、《飛訪木星》，所以他對「科學小說」是有概念的。他在〈《神女再世奇緣》自敘〉中說：

> 而與近世科學，最有關係為《西遊記》一書，作者之理想亦未嘗不高，惜乎後人不竟，科學不明，固不能一一見諸實事耳。然西方人所制之物，多有與之暗合者矣。如電話機之為順風耳，望遠鏡之為千里眼，腳踏車之為風火輪之類，不勝枚舉[13]。

周桂笙雖然沒有把《西遊記》直接貼上「科學小說」的標籤，但卻也認為《西遊記》是一本有著科學性質的小說。不過與俠人不同的，周桂笙所關注的不是《西遊記》中所載的醫理，而是小說中與西方的科技產物類似的奇能異物，如順風耳之於電話、千里眼之於望遠鏡、風火輪之於腳踏車等等。猛然一看，小說中所寫的奇能異物與西方文明

---

[13] 原載於《新小說》1905年第二十二號，轉引自陳平原、夏曉虹編：《二十世紀中國小說理論資料》（北京市：北京大學出版社，1997年2月），卷一，頁164。

產物在性能上，的確有幾分形似，但若加以深究，就會發現順風耳、
千里眼、風火輪都只是出於小說家的幻想，缺乏事實的根據，並沒有
任何的科學基礎，就算是以之與科學小說的幻想相比，科學小說的幻
想仍是立基於邏輯，能夠提出科學解釋，並有可能實現的，從這點來
看，可知周氏對「科學」的認識是模糊的。

二　阿閣老人：《西遊》者，中國舊小說界中之哲理小說也

　　阿閣老人的生平不詳，在一九〇六年第一卷《月月小說》中的
〈說小說〉中，發表了一百字左右有關《西遊記》評論，他指出：

　　　　《西遊》者，中國舊小說界中之哲理小說也[14]。

「哲理小說」，跟「科學小說」一樣，皆是譯介進來的小說類型，
其主要在於憑藉小說來發明哲學。認爲《西遊記》中包含哲理，並非
是阿閣老人的創見，自《西遊記》問世以來，即有不少人抱持著類似
的看法[15]，與他們相較，若只從上面這句話來看，阿閣老人不過是給
《西遊記》貼上了「哲理小說」這個新潮的標籤罷了；但我們若接著
看下面阿閣老人對書中「哲理」的解釋，則會發現其切入點與立場和
傳統有著截然不同的內涵。

---

[14] 原載於《月月小說》1906年第一卷，轉引自梁啓超等著，阿英編：《晚清文學叢鈔
　　小說戲曲卷》（臺北市：新文豐出版公司，1989年4月），頁459。
[15] 如《李卓吾先生批評西遊記》裡以「心」爲「宗旨」，謝肇淛認爲其中有「收放
　　心」的「至理」，張書紳覺得書中「只是教人誠心爲學，不要退悔」，劉一明則讀
　　出「闡三教之一家之理，傳性命雙修之道」，雖然諸家說法不同，但就其性質言，
　　亦是某種「哲理」。以上諸家說法的詳細討論，請參閱本論文第二章。

> 細觀其自借煉石化身起點，以至遠逝異國，學道而歸，恢復昔
> 時一切權利，吾人茍能利用其前半段之所爲，即可得今日出洋
> 求學之效果，以精器械，以致富強，保種在是，保教亦在是。
> 古人謂妙訣即在書中，吾于《西遊》亦云。

由上述引言可以看出阿閣老人所詮釋的，僅止於《西遊記》前兩回
的「哲理」[16]，並非是全書整體的意義，但在這裡，仍可以看出其詮
釋特殊的時代因素。自一八四〇年以後，清廷外患日益嚴重，幾次
戰爭如鴉片戰爭、英法聯軍、甲午之役等等，皆敗於外國，國人因此
體認到中國的種種落後與西方諸國的強大，所以負笈海外，學習西方
長技來救亡圖存，也就成了當時許多人所認爲的必要方法[17]，阿閣老
人處在這樣社會風氣下，而從《西遊記》前兩回的故事聯想到「出洋
求學」，看出「精器械」、「致富強」、「保種」、「保教」的「妙
訣」，也就不是一件令人意外的事了。

　　然而，阿閣老人這樣的詮釋是否符合《西遊記》的本意呢？雖然
孫悟空的出外學道與「出洋求學」相似，打倒混世魔王收復花果山也
可以算是「恢復昔時一切權利」，但若加以分析，可以發現孫悟空的
學道動機在於對永生的追求，是自覺而主動的，並非是由外力（混世

---

[16] 《西遊記》第一回、第二回，主要內容寫的是東勝神洲花果山上的仙石產一石猴，
石猴因勇探水濂洞被群猴推舉爲王，一日，猴王感天年有限而欲求長生不老之術，
遂渡舟飄洋，經南贍部洲，後至西牛賀洲靈臺方寸山，三星斜月洞，拜菩提祖師爲
師，祖師起名猴王爲「孫悟空」，孫悟空在此學會七十二般變化與觔斗雲。當孫
悟空出外求道時，花果山被一混世魔王霸佔，群猴皆被奴役虐待，後孫悟空學成回
山，則大顯神通地將之消滅，奪回花果山。這兩回故事內容符合阿閣老人所說的
「細觀其自借煉石化身起點，以至遠逝異國，學道而歸，恢復昔時一切權利」云云。
[17] 關於清同治元年至滿清滅亡其間我國的留學情形，請參見鄭世興著：〈靭史期的留
學教育〉，《中國現代教育史》（臺北市：三民書局，1981年12月），頁84～91。

魔王佔奪花果山是在孫悟空出外的期間）所促使的，這與清末受外強壓迫，國人才知應出國修習西學的動機不同；此外，「出洋求學」來「保種」、「保教」的概念也不可能是吳承恩那時代人會有的想法，因此，筆者認為阿閣老人的說法是一種後設的解讀，更是清末「當代」式角度的典型閱讀。

第二節　二○年代《西遊記》的主題接受

這一時期的古典文學研究，與五四運動[18]有著相當大的關聯，其中又可從研究領域與研究精神兩方面來談。

首先，在研究領域方面。五四運動期間，發生由胡適、陳獨秀等人所倡導的「文學革命」，他們咸認為文言是死的語言，「是絕不能做出有生命有價值的文學」，而白話是活的語言，只有活語言才能產出活文學，所以其主張用白話替代文言。在這種重視白話文的氛圍下，學人們便「重新估定一切價值」，於評判中國傳統文學時，「正式否定駢文古文律詩古詩是正宗」，指出白話文已有長久光榮的歷史，是「中國文學史的中心部分」[19]，並且予其相當大的關注與高度的評價，如陳獨秀認為「元、明劇本，明、清小說，乃近代文

---

[18] 余英時曾指出五四運動有廣狹二義，狹義的五四運動指的是 1919 年 5 月 4 日北京所發生的學生愛國運動；廣義的五四運動則是指在這一天前後若干年內所進行的文化或思想運動，其上可推至 1917 年的文學革命，其下則大抵以 1927 年北伐為界。本文的「五四運動」是就廣義而言的。余英時的論述可見〈五四運動與中國傳統〉一文，其收於汪榮祖編：《五四研究論文集》（臺北市：聯經出版社，1985 年），頁 113。

[19] 見胡適：《白話文學史・引子》（上海市：上海古籍出版社，1999 年 12 月），頁 2。

學之粲然可觀者」[20]，錢玄同亦指出「戲曲、小說，爲近代文學之佳
者」[21]，也因此在進行古典文學的研究時，便將戲曲、小說等等民間
文學，當作研究的熱點。

其次，在研究精神方面。在五四運動中，科學是其重要的指導思
想之一[22]，胡適曾指出「科學」在當時思想界的地位：

> 近三十年來，有一個名詞在國內幾乎做到了無上尊崇的地位：
> 無論懂或不懂的人，無論守舊或維新的人，都不敢公然對他表
> 示輕視或戲侮的態度。那個名詞就是科學，這樣幾乎全國一致
> 的崇信，究竟有無價值，那是另一個問題。我們至少可以說，
> 自從中國講變法維新以來，沒有一個自命維新的人物的人，敢
> 公然毀謗科學的[23]。

事實上，中國輸入西方科學早在鴉片戰爭結束後便開始，但必須注
意的是，到了五四時期，科學才昇華爲一種普遍的規範與價值體系。
在這樣的風氣下，科學的精神自然而然地也就影響到古典文學的研
究[24]，如毛子水在〈國故和科學精神〉說指出「凡是一說，必有證

20　見陳獨秀：〈文學革命論〉，轉引自胡適：《胡適古典文學研究論集》（上海市：
　　上海古籍出版社，1988年8月），頁32。

21　見錢玄同：〈寄陳獨秀〉，轉引自胡適：《胡適古典文學研究論集》（上海市：上
　　海古籍出版社，1988年8月），頁37。

22　如陳獨秀在〈本誌罪案之答辯書中〉中，便將「賽先生」作爲「救治中國政治上、
　　道德上、學術上、思想上的一切黑暗」的良方，見《陳獨秀著作選》，（上海市：
　　上海人民出版社，1993年4月），頁443。

23　見胡適：〈科學與人生觀序〉，《胡適文存》（臺北市：遠東圖書公司，1990
　　年），頁121。

24　以下所指的「國故」雖然不僅指古典文學，而是對「中國的一切過去的文化歷史」
　　的泛稱，但古典文學作爲其中的一環，當然也是其研究對象。

據，證據先備，才可以下判斷。對於一個事實，有一個精確、公平的解析，不盲從他人的話，不固守他人的思想，擇善而從，都是科學的精神」，並說「倘若要研究國故，亦必須具有科學精神的人」[25]。胡適於〈新思潮的意義〉則提到「若要知道什麼是國粹，什麼是國渣，先需要用評判的態度，科學的精神，去做一番整理國故的功夫」[26]，鄭振鐸〈新文學之建設與國故之新研究〉亦指出「以科學的方法，來研究前人未開發的學術園地」[27]。

這個時期的《西遊記》主題接受，便是在這樣的背景下展開的。

一 胡適：《西遊記》至多不過是一部很有趣味的小說，至多不過有一點愛罵人的玩世主義，並沒什麼微妙的意思

胡適發表過不少關於《西遊記》研究的文章[28]，而其對《西遊記》主題的看法，主要見他於 1923年所寫的〈《西遊記》考證〉一文[29]。

在評論胡適的小說考證之前，須先說明其研究方法，因為這些小

---

[25] 毛子水：〈國故和科學精神〉，《新潮》 1919年1卷5號。

[26] 見胡適：《胡適文選》（臺北市：遠流出版社，1989年3月），頁49。

[27] 見《鄭振鐸古典文學論文集》（上海市：上海古籍出版社，1984年），頁84。

[28] 胡適有關《西遊記》方面研究的文章主要有〈《西遊記》序〉、〈《西遊記》考證〉、〈讀吳承恩《射陽文存》〉、〈跋《四遊記》本的《西遊記傳》〉與〈「深沙神」在唐朝的盛行〉等等。

[29] 胡適：〈《西遊記》考證〉，見於《中國章回小說考證》（合肥市：安徽教育出版社，1999年9月），頁233～280。以下引文見此，不另加註。

說考證的文章，都是他提倡其研究方法的例子[30]。胡適考證小說，主要用的是一種科學的精神、科學的態度、科學的方法，其精神要點在於「尋求事實，尋求眞理」，態度則是「撇開成見，擱起感情，只認得事實，只跟著證據走」，方法則爲「大膽的假設，小心的求證」十個字。

　　此外，胡適研究小說還有其所謂的「歷史演變法」。胡適認爲中國傳統小說可分爲兩大類，一種是經長期演變出來的小說，如《水滸傳》、《三國演義》等；一種則是由個體作家創作的小說，如《紅樓夢》、《儒林外史》等。「歷史演變法」主要用於第一類小說，要點爲「從它那原始形式開始，然後把通過一些說書人、講古人所改編改寫的長期演變的經過，一一搞清楚」，「找出它們如何由一些樸素的原始故事逐漸演變成爲後來的文學名著」。

　　〈《西遊記》考證〉全文約兩萬字，由於《西遊記》爲長期演變的下來的小說，所以胡適首先使用「歷史演變法」來介紹其發展過程——第一先說明小說《西遊記》與李志常記載丘處機西行經歷的《西遊記》完全無關，反倒是與唐沙門慧立《慈恩三藏法師傳》及玄奘自著的《大唐西域記》有點關係。第二則比較《慈恩三藏法師傳》、

---

[30] 胡適曾不只一次明白指出，其考證小說的文章主要在於教讀者一種思考學問的方法。如在〈介紹我自己的思想〉中他說：「少年朋友們，莫把這些小說考證看做我教你們讀小說的文字。這些都只是思想學問的方法的一些例子。在這些文字裡，我要讀者學得一點科學精神，一點科學態度，一點科學方法」，見《胡適文選》，（臺北市：遠流出版社，1989年3月），頁17；在〈治學方法〉中他指出：「爲什麼花多年的功夫來考證《紅樓夢》、《醒世姻緣》呢？我現在做一個坦白的自白，就是：我想用偷關漏稅的方法來提倡一種科學的治學方法。我所有的小說考證，都是用人人都知道的材料，用偷關漏稅的方法，來講做學問的方法的。……拿一種人人都知道的材料用偷關漏稅的方法，要人家不自覺得養成一種「大膽的假設，小心的求證」的方法，見《胡適演講集（一）》（臺北市：遠流出版社，1992年1月），頁9～10。

《太平廣記》，說明取經故事「神話化」之速。第三部分略記《大唐三藏取經詩話》的大概，顯示南宋或元代時，已有完全神話化了的取經故事。第四探究猴行者的來歷，認爲印度《拉麻傳》裡的哈奴曼是它的根本。第五敍述宋以後取經故事的演化史。

接著，便是《西遊記》作者的考證部分[31]，胡適根據蔣瑞藻《小說考證》引丁晏的話、天啓《淮安府志》、康熙《淮安府志》、同治《山陽縣志》、光緒《淮安府志》、焦循《劇說》引阮葵生《茶餘客話》、吳玉搢《山陽志遺》等書，考出《西遊記》是（明）吳承恩所做，且爲他做了一個簡易的年表，並說其所作的〈二郎搜山圖歌〉[32]很可以表示吳承恩的胸襟與著《西遊記》的態度。

再者，胡適將《西遊記》結構分作齊天大聖的傳（第一回到第七回）、取經的因緣與取經的人（第八回至第十二回）與八十一難的經歷（第十三回至第一百回）三個部分，並加以分析其內容，指出《西遊記》的文學價值在於詼諧裡含有尖刻的玩世主義。

---

[31] 胡適在 1921 年作〈《西遊記》序〉時，尚不知作者爲誰，只能斷定「《西遊記》小說之作必在明朝中葉以後」，「是明朝中葉以後一位無名的小說家作的」，後來見蔣瑞藻《小說考證》才知《西遊記》作者爲吳承恩，加上 1922 年 8 月 14 日收到魯迅送來有關吳承恩的事蹟五紙，才對吳承恩有較多的了解。這個例子可說明其在〈介紹我自己思想〉裡所說：「沒有證據，只可懸而不斷；證據不夠，只可假設，不可武斷；必須等到證實之後，方才奉爲定論」的治學態度。

[32] 〈二郎蒐山圖歌〉全文如下：「李在惟聞畫山水，不謂兼能貌神鬼，意態如生狀奇詭。少年都美清源公，指揮部從揚靈風，星飛電馳各奉命，搜羅要使山林空。名鷹攫拏犬騰嚙，大劍長刀盈霜雪。猴老難延欲斷魂，狐娘空灑嬌啼雪。江翻海攪走六丁，紛紛水怪無留蹤。青鋒一下斷狂虺，金鎖交纏擒毒龍。神兵獵妖猶獵歌，探穴搗巢無逸寇。平生氣焰安在哉？犬牙雖存敢馳驟！我聞古聖開鴻濛，命官絕地天之通，軒轅鑄鏡禹鑄鼎，四方名物俱昭融。後來群魔出孔竅，白晝搏人繁聚嘯。終南進士老鍾馗，空向宮闈啖虛耗。民災翻出衣冠中，不爲猿鶴爲沙蟲。坐觀宋室用五鬼，不見虞廷誅四凶。野夫有懷多感激，無事臨風三嘆息：胸中磨損斬邪刀，欲起平之恨無力。救日有矢救月弓，世間豈謂無英雄？誰能爲我致麟鳳，長享萬年保合清寧功？」。

最後，在上述的考證與研究基礎下，胡適一方面批駁了清人對《西遊記》的看法：他認為過去的人都「太聰明了」，將《西遊記》罩上的儒、釋、道三教的袍子，妄想從中尋得微言大義；一方面提出自己的見解：《西遊記》起於神話與傳說，擁有數百年的演化歷史，其作者是一位「放浪詩酒，復善諧謔」的大文豪，其詩作可以看出他有「斬鬼」的清興，而無「金丹」的道心，《西遊記》沒什麼微妙的意思，「至多不過是一部很有趣味的滑稽小說，神話小說」，「至多不過有一點愛罵人的玩世主義」。

二　魯迅：《西遊記》實不過出於作者的遊戲，假欲勉求大旨，則謝肇淛的「求放心之喻」數語，已足盡之。

魯迅並無評論《西遊記》的專著，他對《西遊記》主題的看法，主要見於的《中國小說史略》與《中國小說歷史的變遷》中[33]。

由於魯迅認為要評論一部文學作品的確鑿方法，必須要「顧及全篇，並且顧及作者的全人，以及他所處的社會狀態」[34]，而他對《西遊記》主題的看法，也是在這樣的前提下所提出的，所以筆者在討論其主題說之前，擬先介紹他對《西遊記》作者與當時社會背景的認識。

《西遊記》自問世來，其作者為誰一直是個爭論的問題，明人

---

[33] 魯迅：《中國小說史略》，收於《魯迅小說史論文集》（臺北市：里仁書局，1992年）；魯迅：《中國小說的歷史的變遷》，收於《魯迅學術論著》（杭州市：浙江人民出版社，1998年）。以下引文見此二書，不另加註。

[34] 見《且介亭雜文二集‧題未定草》（臺北市：風雲時代出版，1990年）。

或以為「出八公之徒」，或「出王自制」[35]，清代的評點者則多以為是元朝丘處機所作。魯迅在《中國小說史略》裡，指出記丘處機西行的《長春真人西遊記》存於《道藏》之中，與小說《西遊記》同名異實，接著根據錢大昕跋《長春真人西遊記》、紀昀《如是我聞》、丁晏《石亭記事續編》、阮葵生《茶餘客話》、吳玉搢《山陽志遺》、《天啓淮安府志》與《光緒淮安府志》等，考訂出《西遊記》的作者為明代的吳承恩，並為其生平作了簡略的敘述──「吳承恩字汝忠，號射陽山人，性敏多慧，博極群書，復善諧劇，著雜記數種，名震一時，嘉靖甲辰歲貢生，後官長興縣丞，隆慶初歸山陽，萬曆初卒」。

關於社會背景，魯迅著眼於當時的宗教風氣。他將《西遊記》歸為「神魔小說」，認為此類小說的思想模糊，「義利邪正善惡是非真妄諸端，皆溷而又析之，統於二元，雖無專名，謂之神魔，蓋可賅括矣」，其主要是因為自宋元以來，社會奉道崇佛交替，明初雖稍衰，但中葉以後又有方士李孜、釋繼曉、色目人于永等人，憑方技雜流任官，因此「妖妄之說自盛」，再加上歷來儒、道、釋之爭「都無解決，互相容受」，最後終於認為三教「同源」的影響。

以上便是魯迅對《西遊記》作者與時代背景的認識。魯迅對《西遊記》主題的議論，就筆者來看，可以分為兩部分：一是對清人說法的否定，一是提出自己的看法。

《西遊記》主題，跟它的作者一樣，歷來眾說紛紜。清代評議《西遊記》的，如悟一子陳士斌的《西遊真詮》、張書紳的《西遊正旨》、悟元道人劉一明《西遊原旨》等等，其「或云勸學，或云談禪，或云講道，皆闡明理法，文詞甚繁」。魯迅對於他們這樣的說法

---

[35] 見（明）陳元之〈《西遊記》序〉，轉引自劉蔭柏編：《西遊記研究資料》（上海市：上海古籍出版社，1990年），頁555。

不以爲然，並一一駁斥，他指出作者吳承恩雖是儒生，但「此書則實出於遊戲」，所以並無儒家勸學的意思；也並非是「語道」之作，因爲全書雖「僅偶見五行生克」的內容，但不過是一般的「常談」；而更不可能是宣揚佛理，因爲第九十八回中有「荒唐無稽之經目」，顯示出作者「尤未學佛」。

在否定以上三種說法後，魯迅更進一步指出清人會對《西遊記》的主題有這樣的立論，是因爲當時「混同之教，流行來久」，吳承恩身處於這樣的社會風氣下，也就「受了三教同源的影響」，《西遊記》自然就出現「釋迦與老君同流，眞性與元神雜出」的情形，而「三教之徒」在閱讀時見到與自己「期待視野」符合的某些內容，也就因此「皆得隨宜附會」，將《西遊記》看成是自神其教的書了。

那麼《西遊記》的主題爲何呢？魯迅提出自己的見解，認爲「實不過出於作者的遊戲」，也就說《西遊記》不過是一部遊戲之作，並沒有沒什麼特別、精微的思想，魯迅這樣的看法，主要出於他對作者的認知及文本的閱讀[36]，亦有可能受到前人觀點的影響[37]。由於「實出於遊戲」，所以接下來引了明人謝肇淛的話與小說十三回

---

[36] 魯迅在《中國小說史略》中，指出吳承恩秉性「復善諧劇」，所以「雖述變幻恍忽之事，亦每雜解頤之言，使神魔皆有人情，精魅亦通世故，而玩世不恭之意寓焉」；在《中國小說的歷史的變遷裡》，他說《西遊記》裡，因其所寫的都是妖怪，所以「但覺好玩，所謂忘懷得失，獨存賞鑒了」。

[37] 阮葵生《茶餘客話》中曾說「然射陽才士，此或其少年狡獪，遊戲三昧，亦未可知。要不過村翁俗童笑資……」，魯迅在考訂吳承恩爲《西遊記》作者時，曾檢閱此書，固有可能受到影響。

中的一段文字，就是「假欲勉求大旨」的結果[38]，也就是說魯迅以爲
非要問《西遊記》的微言大義的話，或者有些「求放心」或「心生種
種魔生，心滅種種魔滅」的意思而已。

第三節　小結

　　由於西方文化的傳入，加上西洋小說的譯介，當時人以新的期
待視野對我國的傳統小說做出了新的詮釋，《西遊記》在這樣的風氣
下，被貼上了「科學小說」、「哲理小說」等等的新標籤，也被發掘
出前人所未見未道的新意義，但由於接受者對於這些「西例」認識往
往一知半解，所以在「律我國小說」時，常顯示出以偏概全、簡單比
附等弊病[39]。

　　到了五四運動期間，一方面由於陳獨秀、胡適推崇白話文引發文
學革命，使得小說、戲曲等民間文學受到了關注，變成了古典文學研
究的熱點；另一方面又因爲當時人對「科學」的提倡與崇信，讓古典

---

[38]　全文爲：假欲勉求大旨，則謝肇淛（《五雜組》十五）之「《西遊記》曼衍虛誕，
而其縱橫變化，以猿爲心之神，以豬爲意之馳，其始之放縱，上天下地，莫能禁
制，而歸於緊箍一咒，能使心猿馴伏，至死靡他，蓋亦求放心之喻，非浪作也」數
語，已足盡之。作者所說，亦第云「眾僧們議論佛門定旨，上西天取經的緣由，
……三藏箝口不言，但以手指自心，點頭幾度，眾僧們莫解其意，……三藏道：
『心生種種魔生，心滅種種魔滅，我弟子曾在化生寺對佛說下誓願，不由我不盡此
心，這一去，定要到西天見佛求經，使我們法輪迴轉，皇圖永固』」（十三回）而
已。

[39]　對於此種情形，當時人已有所批評，如覺我在〈余之小說觀裡〉便指出「舉一端以
概之，恒有失之疏略者。余於是見有以言情、偵探、名其一小說者矣，有以歷史、
科學、軍事、地理，名其一小說者矣；即觀其內容，竊恐此數者，尚不足以概之
也」。此文原載於 1908 年第九期《小說林》，轉引自陳平原、夏曉虹編：《二十
世紀中國小說理論資料》（北京市：北京大學出版社，1997 年 2 月），卷一，頁 334。

文學在研究態度上也受到這種精神相當大的影響，此時期《西遊記》的主題接受，可觀的主要有魯迅與胡適二家。

　　胡適在〈西遊記考證〉中，以「歷史演變法」指出《西遊記》「有了幾百年逐漸演化的歷史」；運用科學的方法，考出《西遊記》的作者並非是元朝道士丘處機，而是明代文人吳承恩，並爲他作了一個簡易的年表，勾勒出其生平的基本輪廓。在這樣的考證基礎下，胡適一方面推翻了清人立基於小說作者爲道士丘處機的諸種證道說，一方面提出《西遊記》「沒有什麼的微妙意思」，至多不過是一部「很有趣味的滑稽小說、神話小說」等看法。

　　魯迅在《中國小說史略》中，也考證出《西遊記》的作者爲吳承恩，對其生平作了簡略的敘述。除此之外，魯迅更著眼於當時宗教風氣，指出其對於《西遊記》等「神魔小說」的影響。在這樣的認識之下，魯迅評議並駁斥了清人如陳士斌、張書紳、劉一明等「或云勸學，或云談禪，或云講道」的《西遊記》主題說，並認爲西遊記「實不過是出於作者的遊戲」，如果非要問的話，或者有點「求放心」或心生魔生、心滅魔滅之意而已。

　　胡適與魯迅對《西遊記》的研究，在《西遊記》主題的接受史上有著破舊立新的地位，其主要共通點在於釐清《西遊記》的著作權問題，爲《西遊記》的研究定下新的基礎[40]，破除清人種種附會的

---

[40] 夏志清曾指出「自從胡適在一九二三年發表那篇對這部小說（筆者案《西遊記》）的首先發難的研究之後，學者們都同意一百回本《西遊記》的作者是吳承恩」，見氏著、何欣譯：〈西遊記研究〉，《現代文學》，1971年12月45期，頁78；而胡從經則認爲「近代揭示《西遊記》作者之謎的是小說史家魯迅」，見氏著：《中國小說史學史長編》（上海市：上海文藝出版社，1998年4月），頁36。其實考證出《西遊記》作者爲吳承恩的最大功臣，應爲魯迅與胡適二人，因爲胡適於1923年寫〈西遊記考證〉時，魯迅曾提供了不少的相關資料給他。總而言之，後人在《西遊記》研究時，大多是在《西遊記》作者爲吳承恩的基礎上所進行的。

說法，並從吳承恩的生平著手，對於《西遊記》提出新的見解，這些
見解也因小說觀念的逐步成熟，而回歸到更多小說分類、小說美學的
本體研究。在實證角度的推論及基礎上，小說的接受角度不僅漸漸堅
實，並且在廣度和深度上，也與時代精神相回應與多種學科興味相滲
透，而又回饋到小說接受的本體問題上。

第四章　五〇年代至八〇年代初臺灣地區《西遊記》的主題接受

五〇年代以後，由於政治、社會等環境不同，臺灣與大陸對《西遊記》主題的接受形成各自發展的格局，本章主要以臺灣地區對於《西遊記》的主題接受為討論對象，至於大陸地區《西遊記》主題的接受情況則留待第六章探討。

本章共分三節，前兩節分述五、六〇年代及七〇至八〇年代初臺灣地區對《西遊記》主題的接受情況，第三節則為本章小結。

第一節　五、六〇年代《西遊記》的主題接受

二〇年代胡適考證出《西遊記》的作者吳承恩，雖為大部分人所接受，但他對《西遊記》的看法——以為《西遊記》「沒有什麼微妙的意思」，「至多不過是一部很有趣味的滑稽小說，神話小說」，卻漸漸地引起學者們的不滿[1]。

五〇年代以後，李辰冬則從吳承恩的生平與當時的政治背景著

1　如芳州在 1935年時，便曾發表一篇〈西遊記的「刺」〉，指出胡適說法太過於「忽略了作者的社會意識」，並提出應該轉移眼光從小說中看出作者對社會的不滿，見《上海生活》1935年1月20日，頁 35。

手，擬挖掘出《西遊記》更深的意義。除此之外，《西遊記》亦受到
其他領域學者的重視。研究社會科學的薩孟武用其特有的眼光來探討
《西遊記》，撰寫了《西遊記與中國古代政治》一書。

在這段時期，筆者擬討論的《西遊記》的主題接受便是李辰冬、
薩孟武二家。

一 李辰冬：《西遊記》反映了吳承恩滿腹的牢騷、不平及憂國憂民

李辰冬著有許多論《西遊記》的文章[2]，而其對《西遊記》的看
法，主要見於〈西遊記的價值〉一文[3]。

在探討李辰冬對《西遊記》主題的看法前，必須先說明其研究方
法。李氏對於文學作品的研究，相當注意對「作者」與「作者生存期
間的環境」的瞭解，他認為文學作品是作者生活經驗的表現，「假如
不知道作者是誰，作者的生平如何，就無法引導我們深入到作品，瞭
解作品的意義」，但僅僅瞭解作者還不夠，還必須知道作者切身的環
境，因為環境會觸發起作者的感觸，是「激動作者創作的原因」[4]。

在〈西遊記的價值〉中，首先李辰冬分析了《西遊記》裡的人
物，他認為「任何小說中的人物，都是配合主旨所創造的，作者之創
造唐僧與孫悟空這兩個人物，自然有他的作用」。他第一先將小說裡
的唐僧與歷史上的玄奘作了比較，指出「小說中的唐僧不是歷史上的

---

[2] 李辰冬論《西遊記》的專文有〈西遊記的價值〉、〈西遊記與明代社會〉、〈怎樣
瞭解西遊記這部書〉、〈西遊記的人物分析〉等篇，其中雖或有偏重，但論點並無
大異，本文主以〈西遊記的價值〉的內容為討論對象。

[3] 李辰冬：〈西遊記的價值〉一文，原為世界書局 1962年出版《足本西遊記》的
序，後收於《文學欣賞新途徑》（臺北市：三民書局，1970年），頁 88~107。

[4] 見李辰冬：〈怎樣研究中國小說〉，《中國一周》（1956年9月17日334期），頁6。

玄奘，他倆的性格完全殊異」，玄奘是一位真正的宗教家、取經者，唐僧卻是一位「膿包」、「軟耳朵」、「信邪風」的人，因此「《西遊記》的故事固然採自唐僧取經；但作者的目的不在『取經』」；第二則是探討了唐僧與孫悟空的關係，指出《西遊記》的真正主角是孫悟空，是「一位不得志的英雄」，他對唐僧忠心耿耿，但唐僧卻常是非不分，聽信豬八戒的讒言。

　　其次，他探求了吳承恩的生平。李氏在檢閱了《天啓淮安府志・人物志・近代文苑》之後，對吳承恩有了如下的瞭解：吳承恩「才氣那麼高，學識那麼博，名望那麼那麼重竟遭時不遇，從明經出身，祇作各縣貳，無怪乎他要恥折腰，拂袖而歸，放浪詩酒了」，並得出「由此可知孫悟空這樣不得志的人物是怎樣來的。作者是以一肚子的不平來寫《西遊記》」這樣的結論。

　　再者，李辰冬認為要深切認識作者的意識，還必須從其生存期間來切入，所謂的「生存期間」，他主要著眼的是當時的政治背景，因為這跟作者的感遇有著相當大的關係[5]。李氏認為吳承恩自貢舉（世宗嘉靖二十三年）到歸山陽（穆宗隆慶初年）這二十二年期間，是其最受痛苦的時期，所以曉得了明世宗，也就知道他所遇到的政治與社會背景了。在閱讀了《明史》後，李氏指出當時明世宗殺戮忠良、任用奸邪、沉迷仙道、聽信小人與讓庸祿之輩得以逢迎苟合等等情形，恰好符合《西遊記》裡寶象國、車遲國、祭賽國、獅駝國、比丘國等背景；明世宗的性格也與唐僧相類，豬八戒的奸邪行為也似嚴嵩，沙僧雖忠厚但沒用，像尸位素餐之輩，吳承恩的時代「君庸臣昏，奸邪當道，所以創造了唐僧、豬八戒、沙僧這些人物來象徵」。除此之

---

[5]　李辰冬以為一部中國史，便是一部中國文人感遇史。見〈文學研究的新途徑〉，《大陸雜誌》（1953年6卷10期），頁336。

外，李辰冬還參考了《二十二史劄記》，指出即使書中的一般妖怪也都是現實社會的反映。

在經過以上的探討後，李辰冬一方面批評了胡適對《西遊記》的研究，他認爲胡適的研究方法因爲沒與作者的意識相配合，所以在欣賞《西遊記》上失去了效用；一方面提出了自己對《西遊記》的看法，「吳承恩是抱著滿腹的牢騷，滿腹的不平，滿腹憂國憂民之感來寫《西遊記》的」，並且認爲吳承恩的〈二郎搜山圖歌〉可看作是《西遊記》的序文、縮寫，也可以從中看出作者寫《西遊記》的用意。

跟胡適比較起來，李辰冬更深入地了解了吳承恩生平際遇與當時社會政治背景，他的研究成果有著新的意義與價值。

二 薩孟武：從《西遊記》了解中國古代的政治

薩孟武，一八九七年生，福建福州人，日本京都帝國大學法學士，歷任中山大學、臺灣大學、政治大學等院校教授，撰有《中國政治思想史》、《中國社會思想史》、《社會科學概論》等書，爲著名之社會政治學家。其對《西遊記》的看法見於《《西遊記》與中國古代政治》一書[6]。

《《西遊記》與中國古代政治》除序外，共有十八篇文字，依次爲〈菩薩與妖精〉、〈孫行者大鬧天宮〉、〈玉帝永保至尊的地位〉、〈太金星的姑息政策〉等等。對於小說，薩孟武是以社會科學家的眼光去研究的，在《西遊記與中國古代政治》裡的第一篇文章

---

[6] 《西遊記與中國古代政治》一書最先於 1957年印行，是爲舊版，而後薩孟武修改了舊版的內容，並再增加了四分之一的文字，於 1969年印行，是爲新版，筆者所用之書爲後者。薩孟武：《西遊記與中國古代政治》（臺北市：三民書局，1969年5月）。

〈菩薩與妖精〉中，他便開宗明義的指出人類的一切觀念（如倫理、宗教、政治、幻想等等），都有社會現實的基礎，並非是憑空而生的，所以《西遊記》裡雖然充斥仙、佛、魔、怪，「也是受了中國社會現象的影響」，是「社會現象映入人類的腦髓之中，由幻想作用，反射出來」；從另一個角度來看，吾人亦可由小說中所寫的內容，知道社會的情況。

由於薩孟武將小說看作是社會意識的表現，所以他在讀《西遊記》時，自然而然所關心與思考的，便不是明清人所尋求的五行生剋、修心養性等微言大義，亦無關胡適、魯迅所注重的作者生平與秉性，而是小說情節所展示出的政治現象。

舉例來說，對於《西遊記》第四回的內容，清人黃太鴻、汪象旭注意的是孫悟空由天生聖人變為弼馬溫，再由弼馬溫升為齊天大聖的過程，並從其中看出「心」之旨[7]；而薩孟武所在意的卻是太白金星所提出的姑息政策[8]，他認為起初孫行者在鬧龍宮亂地府時，本應派兵討伐，加以懲戒，以儆效尤，但玉帝卻聽太白金星的建議，降旨招安。薩氏認為玉帝這樣的行為，是犯了很嚴重的錯誤，因為從政治研究者的角度來看，「政治不過『力』而已。凡倚力而取得大位者，不是用力以拘束之，就宜用術折服之」，玉帝不知此種道理，而孫行者亦不念天恩，反以為「群仙碌碌，莫如我何」，以致後來大亂天宮，險險逼得玉帝讓賢。

接著，薩氏再援引漢、唐、五代與明朝的史實來說明姑息政策只能苟安一時，且往往後患無窮。最後他則再回歸的《西遊記》的故事

---

[7]　見吳承恩著、李卓吾評、黃周星評：《西遊記（上）》（濟南市：山東文藝出版社，1996年2月），頁42～43。
[8]　見《西遊記與中國古代政治·太白金星的姑息政策》，以下引文出於此則不另加註。

上，指出悟空皈依佛門後，至天宮見玉帝時，不過唱個大喏，上西天見佛祖時，卻恭敬禮拜，其原因則在於：

> 此無他，十萬天兵不能抵禦，如來略施法力，就把孫行者壓在五行山石匣之中。以力制力乃是政治上的原則，以恩情籠絡叛徒，只是姑息，不但不能鉗束其人，反將引起更嚴重的叛變。

又再如對《西遊記》第八回的內容，陳士斌認為捲簾大將失手打碎玻璃盞而被玉帝貶下凡塵，處以酷刑。是因他「用意不誠」、「褻寶瀆職」，是犯了一宗大罪[9]；薩孟武卻以為玉帝對捲簾大將（即沙悟淨）與天蓬元帥（豬八戒）的懲戒與他們所犯之過錯輕重不稱，無標準可言[10]，薩氏指出這是因為「古代制定法律之權屬天子，……所以古人所謂法律只是皇帝的意思。人類社會如是，由是人類所想像的神仙社會遂亦不能例外。在《西遊記》同一章回中，描寫玉帝對於兩位天將所科的刑與他們兩人所犯的罪不甚相稱，此蓋天上的法律亦由玉帝制定，玉帝認為是者就是法律」。接著，薩氏援引了孟德斯鳩《法意》裡「以恐怖為專制政治的原理」的說法，並列舉秦代史實加以佐證，在經過以上的分析後，薩孟武得出「單單依靠重刑的恐怖，固不足以維持政權。人世如此，天宮想亦當然」的結論，並以為捲簾大將只是「失手」打破玻璃盞，而就算是「故意」，也只須負民法上的賠償責任、並沒有刑法上的責任，而玉帝卻以嚴刑懲之，「捲簾大

9　陳士斌以為沙僧既是捲簾大將，「簾者，所以隔別內外，防閑廉恥，彼能捲之而無嫌忌，蟠桃會所以合歡心也。玻璃盞千年之水化成，西方至寶，所賴以合歡者惟此，彼用意不誠，而失手打碎，各失歡心，褻寶瀆職，其罪茲大」，吾人若從此來看，沙僧所犯之罪與其所受懲罰，似乎恰如其分。見《西遊真詮》第八回回後批。

10　見《西遊記與中國古代政治‧捲簾大將失手打碎了玻璃盞》，以下引文出於此則不另加註。

將固已認為刑罰失當」，其後又聽任他在下界吃人度日，造成人類社會的不安。此時觀音菩薩出現，捲簾大將受其點化進入沙門，「此事就捲簾大將說，固已脫離災障，就人類社會來說，亦少了一個妖魔。一舉而有兩得，既可增加佛門弟子，又可博取人世歡心」，我國歷史上多次的佛道之爭中，佛教之所以日興，道教之所以日衰，「我們只看《西遊記》上捲簾大將之事，一方恃酷刑以立威，他方稟慈悲以救世，就可了解為淵逐魚，為叢逐雀者就是玉帝本身」。

　　嚴格說來，薩孟武的《西遊記與中國古代政治》，雖說是一本研究《西遊記》的專著，但亦可將之視為一本社會學的著作，研究對象的主從問題可能是此書較有爭議處，薩氏以《西遊記》為社會文本，將文學作品實讀了，對於創作的虛筆及其想像空間一一對號入座，由其書名將「西遊記」與「中國古代政治」並列且加以對比，這種讀者接受的方式，「讀者」的主觀意向及儲學實在才是他本身的重點。

第二節　七〇年代至八〇年代初《西遊記》的　　　　　　主題接受

　　對於本時期《西遊記》主題看法影響最深的，是夏志清發表於《現代文學》上的〈西遊記研究〉[11]一文。

　　夏文的重要，張靜二曾明白地指出「在作品的詮釋方面，夏志清的〈西遊記〉一文佔有相當重要的地位，對於其他研究《西遊記》

---

[11] 夏志清：〈西遊記研究〉，《現代文學》（1971年45期），頁77～120。

的學者頗具啓迪之功」[12]，又說「……，首先指出『心經』在《西遊記》裡深具關鍵意味的，還得推夏志清。夏氏之前固然不乏討論『心經』的文字，但都未曾指出重要性。等到夏氏的說法提出後，學者或深表同意，或就『心經』去詮解《西遊記》，或著手探查『心經』與《西遊記》的淵源」[13]。

其實，夏文除了指出「心經」是理解《西遊記》的關鍵，還有許多論點也啓迪了後來《西遊記》的研究者。

如他對小說中人物的看法，他認為「小說中的三奘至少是三個人……」，是「可怕自覺意識的具體表現」，「唐三奘不僅為他的感覺所奴役，他的人道主義的悲憫——這是他最可愛的特性 ——本身也是一種奴役」；悟空的跨海求道有「從無生命的石頭到有人類智慧的獸形到最高的可能的精神造詣」的象徵意義，在小說中他是唯一對西行取經「認眞嚴肅的朝聖者」；八戒「象徵純粹感官生活，全無宗教的掙扎或神話的野心」。

再如他將《西遊記》與書中的某些人物與西方文學作品相比。〈西遊記研究〉所提到的外國文學作品就有十數種之多，舉例來說他認為「孫悟空和豬八戒和世界文學中另一對著名的相輔相成的人物——唐吉訶德和桑卓‧潘札——一樣，是值得永為牢記的。作為一個以現實觀察和哲學智慧為基礎的諷刺的幻想故事，《西遊記》的確會令人聯想到《唐吉訶德》——在中國和歐洲小說發展中均占有相當重要地位的兩部作品」，又如「在大部分的情況下，這些從天下逃下來的難民竊奪一個王國，而地上的妖怪們選擇自由，過洞穴人的生活，

---

[12] 張靜二：〈國外學者看西遊記〉，《中外文學》（1985年10月14卷5期），頁91。
[13] 張靜二：〈論「心經」與西遊故事〉，《國立政治大學學報》（1985年5月51期），頁248。

在這方面很像《奧德塞》中的獨眼巨人們」。夏氏的這種比較，是其以為「除非我們把它與西洋小說相比，我們將無法給予中國小說完全公正的評斷」[14]的概念的具體呈現。

筆者擬在本時期討論的《西遊記》主題接受，計有羅龍治、黃慶萱、方瑜、張靜二、吳壁雍、徐貞姬、鄭明娳、吳達芸等學者。

一　羅龍治：《西遊記》無論是幻想的冒險和現實的批判，都含攝了豐饒的趣味

羅龍治對《西遊記》主題的看法，主要見其一九七七年於《書評書目》上所發表的〈《西遊記》的寓言和戲謔特質〉[15]一文。

其文可分為四大部分，第一是「石頭和猴行者的神話」是對《西遊記》中猴行者神話模式的探討，其二則是探究《西遊記》的寓言意義。本節討論重心以後者為主。

羅龍治對《西遊記》寓言意義，亦從夏志清的〈西遊記研究〉的某些觀點所出發的[16]。

首先他以悟空作一主要的線索，「說明吳承恩把人類欲望的最大滿足，安置於神秘教『一切皆空』的理論假設之上」。他指出孫悟空在未皈依佛教的智慧以前，與其他從天界逃出或散居地上的妖魔無異，都是沒有是非觀念的非道德動物，無限制地追求滿足。後來悟空在被如來收伏後，保唐僧西天取經，和三藏同受指引接受佛教智慧

[14] 夏志清：〈中國古典小說〉，《現代文學》37期，頁197。

[15] 羅龍治：〈《西遊記》的寓言和戲謔特質〉，《書評書目》（1977年52期），頁11～20。

[16] 羅文指出：「……於此我採用了夏志清的觀念：三藏代表每一個普通人，孫悟空代表他的心智，豬八戒則純粹象徵他的感官方面的生活，藉此說明西遊記裡心靈冒險的過程。」，《露泣蒼茫・自序》（臺北市：時報文化出版公司，1978年），頁9。

——「般若心經」，悟空由於心經的啓迪，成了三藏心靈的指導者，而作爲普通朝聖旅行者的三藏對「心經」無法領悟，所以一直被現象所奴役，無法看破西行路上災難虛幻的本質。

除此之外，羅氏還認爲吳承恩在書中同時給予了滑稽的批判，「這是西遊記中最特殊，最洗鍊的另一種喜劇形式」。在小說中裡，我們可以發現諸神與妖怪都犯著對自我的迷惑的錯誤。如老君對於金丹的執著吝嗇，八戒嘲笑佛祖菩薩的有名無實等等，「吳承恩把寓言和現實不斷的交互展現，說明取經者無法立刻適應佛家『空』的現實，由於豬八戒造型的突出，這些寓言的嘲逗更令人感到親切難忘」。

在經過以上種種分析後，羅氏以爲：

> 我們把胡適之和夏志清的批評合併起來，更可看出西遊記無論是幻想的冒險和現實的批判，都含攝了豐饒的趣味。掩飾在所有的神話、寓言和人間戲劇之後，吳承恩永遠用一種微笑的形式來表現，這是面對現實空幻積極的肯定後，所給予的最後滑稽的批判吧。

二　方瑜：智慧的喜劇

方瑜對《西遊記》主題的看法，主要見其一九七七年於《中外文學》上所發表的〈論西遊記——智慧的喜劇〉[17]。

文中方瑜一方面接受了夏志清的看法，一方面又認爲《西遊記》

---

[17] 方瑜：〈論西遊記——智慧的喜劇〉，《中外文學》（1977年6卷5期、6卷7期）。後收於《昨夜微霜》（臺北市：九歌出版社，1980年7月），頁155~178。

意旨要諦除了「空」之外，還有一個「笑」字，「整部《西遊記》是一個精心設計的喜劇，……作者的智慧與幽默在全書『空』與『笑』互為表裡的運用上，流露無遺」。

再者方瑜指出小說中裡三位主要人物（唐僧、悟空與八戒）的刻劃，顯現出作者對人性深刻入微觀察。他們一方面具有「普通人」的弱點，一方面又具超乎常人的特徵，不但讓讀者產生親切會心的「笑」，並能表達出作者的理念，提昇讀者的心靈層次。而且作者「巧妙運用『對比』技巧，不但三位主角的性格特徵構成鮮明對比，每位主角自身也都具有複雜多重的對比性格」

在上述的前提下，方瑜認為全書主角中以孫悟空份量最重，為大多數場景的中心人物，且往往為作者的代言人，故其以孫悟空為著眼點，將之與唐僧及八戒作比較，以討論作者的創作意圖。

方瑜指出《西遊記》前七回勾劃出孫悟空這樣一個「天真的喜劇英雄」，是一種「自然人」的類型，而在七回以後，作者將此種「自然人」的喜劇逐漸深化、複雜化，以致最臻於闡釋全書主旨的象徵：「超越現實世界一切欲望，真正達到『悟空』之境」。唐僧在《西遊記》中有著維繫情節推展，以致最終佛家喜劇結局的重要作用。《西遊記》中的唐僧已無多少聖僧的本質存在，他本身就是招致魔難的源頭，其奴役於人道主義的憐憫，有著輕信、乖張、恐懼等凡人的弱點，悟空與唐僧形成明顯的對比，「成為《西遊記》全書精心設計的喜劇不可或缺的重要因素」。將悟空與唐僧相比，悟空在各方面都處於超然的地位，但他亦有爭強鬥勝等弱點，其也曾表現出對華衣的執著（見帽子華美而被騙帶上金箍）。

在外型上，方氏悟空與八戒就已構成了絕佳的喜劇效果。八戒在三個角色中，其性格裡的「普通人」成分最濃厚，不掩飾其對食、色的欲望，將個人安危置於首要，在根本上他可說是一個被「錯置」的

「俗人」，往往與「處境」不能調和，故常是笑料來源，但又能使讀者自覺提昇於較高的地位，勾引起讀者對他的「同情」。

經由以上分析，方瑜作出了這樣的結論：作者以流暢生動口語化的文筆、洞築現實人生的銳眼和哲學智慧，描述了人性對面對難局困境的挫折、奮鬥、無畏、鍥而不捨和最終成功的超克，這幾乎是世界所有偉大文學作品的共同主題。

三　黃慶萱：神話・心理・發生學・社會學

黃慶萱對《西遊記》主題的看法，主要見其一九七七年在《幼獅月刊》上所發表的〈西遊記的象徵世界〉[18]一文。

全文共可分為五部分，第一部分主要在說明其詮釋策略。黃氏認為要了解《西遊記》，首先應從情節的探討與人物的分析下手，所以擬藉神話學與心理學的文學批評分析小說的結構象徵和人物象徵；其次，還要探討《西遊記》故事的演化及其時代背景；再者，參考前人研究的豐碩成果。

第二至第四部分則是詮釋策略的具體運作情形。在第二部分中，黃氏分析了《西遊記》的故事情節。他先將《西遊記》分為第一回至第七回、第八回至十二回與第十三回到一百回三部分，並大略指出這三部分故事的淵源。接著，他仔細地分析了八十一難，或推求其依據，如指出第十七難「四聖顯化」可能是依據《維摩詰不思議經》與

---

[18] 見黃慶萱：〈西遊記的象徵世界〉，《幼獅月刊》（1977年46卷3期），頁50～61。以下引文均見此，不另加註。

《楞嚴經》而敷衍，第二十七到三十一難裡的妖怪紅孩兒其原型爲楊景賢《西遊記雜劇》中的「愛奴兒」；或點出其象徵意義，如在分析第四十五難「再貶心猿」時，認爲「最後孫悟空打死假行者，正象徵忍辱取經的心戰勝了逞忿報復的心」，第七十難「滅法國難行」裡的滅法國或指明世宗等等。

　　在第三部分裡，黃氏討論了《西遊記》的結構象徵。他運用神話學的概念，抽繹出《西遊記》中所包含的「原始類型母題」，其共有創造、追尋、涉世、不朽、替罪等數種。筆者舉前三種以說明大概，如指出《西遊記》第一回關於天地之數、發生萬物的內容，顯示了「創造」的母題；孫悟空的離家修行與唐僧五眾的西天取經，則表現了「追尋」的母題，而其所「追尋」的又包含了「心靈的安頓」和「人類的福祉」兩種層面；《西遊》中還顯現了「涉世」母題，其過程又可劃爲「分離」、「蛻變」、「返回」三階段：五眾皆因犯錯被貶下凡塵，與天界「分離」，西行途中經歷了各種出於內在人性或外來環境的劫難，使的取經人有所「蛻變」，最後五眾成眞，被封爲佛、使者、羅漢等等，終至「返回」佛地。

　　第四部分，黃氏主要利用了佛洛伊德將心靈區分爲「超我」、「自我」、「原我」三個領域的概念來分析小說中人物的象徵，他認爲「無論唐僧也好，孫悟空也好，豬八戒也好，都是玄奘的化身[19]」。唐僧是玄奘的「超我」，其拒絕財色，不忍傷生是「超我」的正面價值，但他的怯諾妄信，缺乏幽默感，則是「超我」負面價值。豬八戒則是「本我」，代表玄奘對色的需求。孫悟空則是玄奘的「自我」，其承繼了歷史上眞玄奘樂觀、奮鬥、積極的性格，平衡了「本我」與「超我」。

---

[19]　此處所謂的「玄奘」，指的是歷史上眞實的人物。

　　在經過以上的分析之後，黃氏於第五部分 （結語），作出了如下總括：《西遊記》是據玄奘取經所演化成的神話小說，作者以其「豐富的想像」與「滑稽的文字」，嘲弄超我，呈露原我，誇大自我，並歸結於一個人怎樣在三者間導致平衡，強調「如何克服內在人性的暗潮洶湧和外在環境的危機四伏，以求取心靈的安頓和人類的福祉」，而又將此主題「落實於與邪魔六賊抗爭的心猿意馬」中；並於如真似換真的火焰山、通天河等場景中。「對人性、宗教，和當時社會，頗有相當的了解、生動的描述、巧妙的諷刺」。

　　到了一九九九年，黃氏於其《與君細論文》一書中，對於這篇〈西遊記的象徵世界〉作了修改，除了於章節有些變動外，主要的是一方面刪落了第二部分討論八十一難故事依據或象徵意義分析的內容；另一方面增加了第四部分的一些論述，他參考了張靜二的〈論沙僧〉一文，將沙僧亦視爲代表玄奘「自我」的一面[20]，並把妖魔鬼怪也看成「原我」的代表。

四　張靜二：《西遊記》一書的主題就是「空」這個字，而悟則是達致「空」的過程

　　張靜二寫過不少跟《西遊記》有關的文章[21]，而其對於《西遊記》主題的看法主要見其〈論《西遊記》的結構與主題〉[22]一文。

---

[20] 黃慶宣在文中明言其對沙僧的一些看法，主要是受到到張靜二〈論沙僧〉的啓發。見氏著：《與君細論文》（臺北市：東大圖書公司，1998年），頁23。

[21] 張靜二寫過有關《西遊記》的研究論著有《西遊記人物研究》、〈論《西遊記》的結構與主題〉、〈論「心經」與西遊故事〉、〈國外學者看《西遊記》〉、〈《西遊記》中的「力」與「術」〉與〈《西遊記》質疑〉等等。

[22] 張靜二：〈論《西遊記》的結構與主題〉，《中華文化復興月刊》（1980年13卷3期），頁19～26。

　　文章一開頭，張靜二便明白的說明其是以五行生剋的觀點來詮釋《西遊記》，他認爲：

> 從道家五行生剋的觀點，可以看出取經人之間的關係，才是把握全書結構與主題的一條可循之徑。

以類似的觀點來詮釋《西遊記》，明清兩代早已有之，如汪象旭以五眾配五行，並指出其間出現先後的關係；而在一九七七年時，傅述先亦從五行來討論五聖間的關係[23]，但汪象旭對於五眾所屬的五行看法有部分缺失[24]，而傅述先所側重的並非在小說的結構。

　　在確立了這樣的研究前提後，張氏一方面對「五行」做了簡略的解說，一方面則指出《西遊記》的基本結構模式是由「合」而「分」而歸一的過程。接著，他就小說的回目與詩日說明取經人所配之五行，如悟空配「金」與「火」，八戒配「木」，沙僧配「土」，唐僧配「水」等等，並指出「五行與唐僧師徒相配，並不光是形式而已；唐僧師徒的個性，正表現了各所配的『行』」。

　　再者，張靜二指出《西遊記》爲「插曲式的結構」的小說，並將前十二回視爲小說的「起點」，其除了發旨示標，介紹取經背景外，亦指出自天地開闢後，五行各分西東，「這是由『合』到『分』的過

---

[23]　見傅述先：〈《西遊記》中的五聖關係〉，《青田散記》（臺北市：時報出版社，1979年11月），頁81～103。

[24]　汪象旭《西遊證道書》指出「若以五項配五行，則心猿主心，行者自應屬火無疑。而傳中屢以木母、金公分指能、淨，則八戒應屬木，沙僧應屬金矣。獨三藏、龍馬未有專屬，而五行中偏少水、土二位，寧免缺陷？愚謂土爲萬物之母，三藏既稱師父，居四眾之中央，理應屬土。龍馬生於海，起於澗，理應屬水」。汪象旭的說法顯然是有缺失的，與小說中某些回目和其內容不合，如第四十七回「金木垂慈救小童」、八十六回「金公施法滅妖邪」，悟空應屬「金」；第八十八回「心猿木土授門人」中，指出沙僧屬「土」。

程」。而從第十三回到第二十二回，唐僧出發到收伏沙僧這段經歷，
「五行依相剋之序出現而結合，則是由『分』而『合』的過程」。全
書的行動由十三回開始，其中有起有伏，而七十四回到七十七回的
「路阻獅駝」更是高潮所在，七十七回至九十八回間雖仍有波折驚
險，但行動已漸趨下降，而最後的兩回為全書的「煞尾」。

在分析完結構之後，張氏接著論述了《西遊記》的主題，他認
為在這「合」、「分」、「合」的基本結構中，同時透露了全書的主
旨。他指出唐僧三徒的都以「悟」字排行，「悟」字有領會、心解等
義，而「空」、「淨」、「能」都有虛無之意，所以：

> 不管是「悟空」也好，「悟能」或「悟淨」也罷，都意指領會
> 塵世的虛無，或「色即是空」的道理；也就是指「脫本殼，認
> 根源」之意……

> 《西遊記》一書的主題就是「空」這個字，而悟則是達致
> 「空」的過程。

張氏認為五聖都曾犯有罪愆，他們的西行路程，一方面是求經以普渡
眾生，一方面則是要讓他們在歷劫過程中，「罷萬緣，堅道心，徹達
死生夢幻的真諦」。如以孫悟空為例，悟空在西行過程中，其火氣與
傲氣被妖魔與唐僧磨去不少，「以他的敏慧多智，當會逐漸了悟『使
氣居傲成何濟，好名爭勝總是空』的道理；而成佛也應是徹達個中意
義的明證才對」。

文末張氏還指出「《西遊記》一書的結構與主題密切配合，融而
為一。由於佈局嚴謹，構思周密，終使這部宏篇鉅製的神魔小說，成

爲精采絕倫的傑作」。

五　吳壁雍：一個修道歷程的展現，又表現出「空」的智慧

　　吳壁雍對《西遊記》主題的看法，主要見其碩士論文——《西遊記研究》[25]。

　　吳文主要是就作品本身出發[26]，從情節安排與人物塑造兩方面的分析，來探討《西遊記》的主題。

　　吳氏首先討論了前七回的故事結構，並將之視爲全書的「楔子」。他將前七回分爲孫悟空的誕生、自覺、追尋與驗證四個過程。並認爲「前七回雖爲取經行動而設，實則提示整個取經故事的根源意義，成爲全書旨趣的一個大前提」。

　　接著，吳氏分析了取經故事的情節與其象徵結構。在情節上，他指出了取經因緣，其又分二階段：一是佛祖的本意，一是菩薩的指點；並將取經的過程所遭受的危難情況做了分類，如地理環境的障礙、自然天候的困阻、飛禽走獸的襲擊等等。

　　在象徵結構上，他認爲取經爲取經人宿命的因果，唐僧、八戒、悟淨及龍馬本爲神族，取經是他們返回天界的磨難之路，但由於非神族的悟空加入，使取經行動有較超越的意義，「因爲悟空以『心猿』的姿態出現，且加入取經行動成爲取經集團的領導人物，則指出宿命

---

[25]　吳壁雍：《西遊記研究》（臺北市：師範大學國文研究所碩士論文，1980年）。

[26]　在「西遊記作者的問題」與「研究《西遊記》應有的觀念與方法」兩節裡，吳壁雍表明其認爲文學作品一但完成，便脫離作家而獨立，成了「一個封閉而自我內含的世界」，所以《西遊記》的作者是誰（或是否爲吳承恩）並不是這麼重要，因爲「對讀者而言，作品總是比作者重要」；又說「我將本著對作品完整性的信賴，只就作品論作品，而不理會作品以外的諸多問題，祈以發掘《西遊記》之內在涵義」，同上註，頁4～5。

歸路上必然還有一條更超越的途徑，故『心猿』的意義十分特殊，而取經途中之魔障自然由外在轉入內在，形成及重要的象徵意義」。接著，吳氏分析了魔障的象徵結構，他將魔障分爲假象的迷惑、人欲的困擾及精神的苦惱等等數種。最後吳氏還指出就全部情節設計來看，取經有雙重意義，一是爲了自我的救贖，克服來自於外在與內在的各種劫難；一方面則是普渡眾生。

再者，吳氏討論了人物的造型與象徵意義。他認爲《西遊記》爲寓言文學，人物塑造以特徵相配合，但性格較不具發展性。吳氏先分析了取經人的特徵，指出唐僧以普通人的形象出現，有著許多普通人的缺點，在五行中屬水。孫悟空代表了生命中的理想層面，其又善於變化，意味心靈的無羈，其從五行中來看，是金與火的結合。八戒則代表現實層面，其有著農人氣質，善於運用平日累積之經驗，又常被視爲物欲的代表。悟淨代表著一股調和的力量，其對取經態度與唐僧類似，可視爲唐僧性格潛在的一面。龍馬則是剛毅耐苦的表現，其引導代表了理性的指引作用」。吳氏又指出作者以五行表現出五聖間生剋的關係，五聖實爲一體，若從萬物皆備於我的心理觀點看，五位一體又是一體多面的呈現。

吳氏還接著分析小說裡的妖怪，他指出從根源來看，書中妖怪可分爲原屬天宮（其下凡原因又分爲到凡間享樂與報仇兩原因）與俗世的生物兩種，他們都縱情食色與帶有強烈的求生欲。「如果我們肯定取經強調心靈冒險的主題，那麼出沒無常的妖怪則意味著欲望之連綿不斷 （以妖魔之重視食色故爲慾念之表徵），當他們反抗的愈激烈，則愈顯示欲望之難以止息，雖然他們的結局不是滅亡，就是投降，而事實上作者已達到嘲諷的目的的，畢竟『死亡』對原本祈求長生之念已構成極大的諷刺。夏志清云……」。

最後，吳氏指出《西遊記》是一個修道歷程的展現，又表現出

「空」的智慧。

六　徐貞姬：闡明人的本性以及使人蛻變的歷練過程

　　徐貞姬對《西遊記》主題的看法，主要見於碩士論文《西遊記八十一難研究》[27]。

　　其文共分五章，第一章從歸納三藏西行取經路上表現的心態，來探討八十一難的意義所在。徐氏將唐僧西行取經的路程分爲三階段：第一階段爲「抵法門寺 ── 取經的起點」，在此階段裡，唐僧對法門寺眾以手指心，說出「心滅魔滅」等語，「表面上是在回答諸僧，事實上正是他未來遭逢的各種災難的起因與實相的最佳伏筆」。第二階段爲「取經途中 ── 取經所歷的過程」，這路上一連串的災難又可從三藏本來的面目與提昇三藏精神境界兩方面來討論，「一方面始得三藏赤裸裸地露出他全未覺悟明心的窮態；另一方面三藏藉此痛苦的考驗，頓悟災難所提示的意義，以提昇其精神境界」。第三階段爲「凌雲渡脫胎 ── 取經得終點」，作者安排唐僧見到無底船時，驚疑不定，後被孫悟空強拉上船，「可見三藏在凌雲渡脫胎並不是自持修心的結果，而是孫悟空的強迫之下，才能解脫軀殼，超凡入聖」，「這是吳承恩將西遊記故事建構在嘲弄諷刺的骨架上的緣故」。綜上所論，徐氏指出「八十一難是肉身凡僧三藏個人的修心養性過程」。

　　論文第二章爲「八十一難的構成因素及其結合方式」，是從人

---

[27] 徐貞姬：《西遊記八十一難研究》（臺北市：輔仁大學中文研究所碩士論文，1980年），以下引徐氏論點均見此，不另註。

性的特點來探討災難的構成因素[28]，及各項因素所結合的方式。徐氏指出若以五衆爲劃分中心，災難的構成可分爲內在因素與外在因素二類：內在因素乃指五衆具有的引發災難的因素，有慾望，如食、色，有感情，如唐僧的同情心、憤怒心，有意志，如唐僧盲目的宗教信念等；外在因素指的是五衆外的各種人物具有引發災難的因素，主要爲食、色、名、利等慾望。接著，徐氏指出書中災難可分爲外在因素單獨構成，如「出城逢虎」、「滅法國難行」與內外因素結合而成，如「五莊觀中」、「平頂山逢魔」等等兩種。綜上分析，徐氏指出「在《西遊記》中，衆妖怪走入毁滅之路正是明示著人類慾望的可怕。朝聖者飽受災難的痛苦也是多多少少源自於取經人本身的錯誤。因此吳承恩透過八十一難的描繪精闢地揭露人性上弱點來提醒讀者，必須戒欲修德，陶鑄無情無慾的至德，以保持心靈的寧靜和平安。這就是他把災難的構成因素建築在人性上的最大原因。」

第三章旨在討論八十一難的禍首——妖怪。首先，徐氏就出身來源將妖怪分爲天上型與地上型，而天上型又可細分爲來自佛教世界與來自道教世界兩種。再者，徐氏討論了妖怪的法力，指出妖怪的法力又可分爲從修練而來與法寶兩種。

第四章爲「八十一難的基型結構」，此章又分成四節。一爲災難的預兆，其運用方式又分直敘式預兆與象徵式預兆兩種；二爲災難的開始，其大多由妖怪與朝聖者衝突所引發，少數或爲衆生與朝聖者衝突，或爲神祇與朝聖者衝突，或爲朝聖者之間起衝突而引發。三是災難的延續，主要在討論三藏受難時，所受的心理衝突矛盾，如死亡

---

[28] 徐氏認爲「綜觀《西遊記》全書便可發現吳承恩顯然將災難的構成因素建築在人性上。……《西遊記》裡的人物無一不是反映著人性的各個層面……是故筆者認爲種種災難的構成因素完全根於人性上，是無庸置疑的」。

的威脅、慾望的誘惑等等；四是災難的解決及其象徵意義，徐氏指出災難解決有出於悟空自力的，有經由神祇相助的，亦有經過一段時間後自動解決的。三藏所經的災難其實是虛幻荒謬的幻象，而悟空可視為「代表三藏心靈中較高一等的智慧、機敏，藉此三藏得以繼續推進取經事業及修心養性的工夫」，悟空的解難可看作「三藏較高一等心靈克制心魔的看法」。值得一提的是，在第四節裡，徐氏還採用榮格的原型論指出《西遊記》中有「智慧老人」與「母親」等原型人物。在本章結論中，徐氏認為「由上述四十四個故事結構的分析，可見作者顯然藉故事和象徵，具體地表現一個人心靈歷險的冒險過程」在這個過程中，必須認清整個自我的各個層面，甚至於是心靈深處的潛意識，以調和心靈世界，「吳承恩創作的三藏是代表我們之中的一個，所以在經歷此自我歷練中，他常常表露出因不能洞悉自己（自我與潛意識）的真相所產生的恐懼及其果所產生的慍怒、急躁、憂慮等等，這正是作者有意藉災難故事提示人類深刻又普遍的真相」。

　　經由以上四章的分析，徐氏在第五章結論中指出，「我們可以知道吳承恩藉西遊記八十一難故事所闡明的是人的本性以及使人蛻變的歷練過程」。

七　鄭明娳：於「心靈的修持」以達「空」的終極境界

　　鄭明娳對《西遊記》主題的看法，主要見其《西遊記探源》一書[29]。

　　《西遊記探源》一書除前言外，共分五章，第一章為「緒論」，又分「載籍所見的西遊記」、「世朱楊三本間的關係」、「世本的編

---

[29]　鄭明娳：《西遊記探源》（臺北市：臺灣師範大學國文研究所博士論文，1981年），後於臺北市文開出版社1982年出版。

訂者」三節。第二章爲「人與故事的演變」，又分「五聖的來源」與「西遊故事的來源」二節。第三章是「內容的醞釀」，分成「神話與傳說」、「主題的發微」、「三教的影響」、「社會的反映」四節。第五章是「形式的定型」，分成「情節的安排」、「人物的造型」、「修辭的錘鍊」與「氣氛的醞釀」四節。第五章爲「結論」。由於本文以學人對《西遊記》主題的看法爲評介對象，故筆者主要僅談其論文第三章第二節「主題的發微」。

鄭氏指出《西遊記》是一本寓言小說，也就是說它除了文字的表面意義外，還有著言外之意，絃外之音，而這種「言外的深意才是作者創作的目的」。

首先，他先從災難的虛幻這方面來分析。鄭氏認爲《西遊記》表面上敘述的是五衆往西天取經，但從書中的許多文字來看，如十七回觀音所言「菩薩妖精，總是一念，若論本來，皆屬無有」，二十四回行者告訴師父「只要你見性志誠，念念回首處，即是靈山」等等，恰恰說明了「西行」事實的虛幻，「取經的實質不過修心而已」，書中的妖魔也都是心中的病魔。鄭氏以爲小說的主題，由第十九回的烏巢禪師口授「心經」揭示，全書乃「汲取心經中（一）觀音「度一切苦厄」的形象，（二）修心的主旨，以迄（三）空的終極境界」。鄭氏又言，修心的主題已從第一回猴王離家至靈臺方寸山修行就表現出來，三藏於十三回裡說的心滅魔滅之語，也表現了修心以對治心魔，但三藏只了解空的道理卻無法達其境界，以致後來常囿於七情六慾的執著。

其次，鄭氏從心靈的修持方面來談，他指出《西遊記》的主題是「修心」，而終極目標爲「空」的境界。孫悟空從菩提祖師學道，但未能滅絕妄心，故終於犯了天規，被定於五行山下，後來的西行之路，對他來說，可視爲對心中魔障的重新克服；《西遊記》中有不

少七情六慾的主題寄寓於故事中，如「四聖顯化」、「七情迷本」、「屍魔三戲」等等。鄭氏認為「不論是哪一種魔難，都因心而生；不論哪一種魔障，都要徹底消滅才能達到涅盤「空」的境界，二心亦然，因此，《西遊記》中每一處妖魔，不是被悟空趕盡殺絕，便是找出他的「主人公」收回去，都是根本解決的象徵寫法。

再者，鄭以為《西遊記》的外表寫五聖攜手赴西天，但在骨子裡，五聖實為一體。五聖其實只是取經者一人的五個層面，三藏代表人的軀殼，毫無神通，是尚未悟道芸芸眾生，故要降服心魔，須靠三徒一馬，而悟空代表軀殼裡的心靈，是正面的「慧」；八戒代表的是人類與生俱來的感官本能，反面的「戒」，沙僧的誠實篤定代表「定」，而龍馬則為「意念」。

總的來說，鄭明娳將《西遊記》視為一部「寓言小說」，認為其主題在於「心靈的修持」以達「空」的終極境界。

七　吳達芸：天地不全說

吳達芸對《西遊記》主題的看法，主要見於其〈天地不全——《西遊記》主題試探〉[30]一文。其於前言的部分指出《西遊記》的劫難有著嚴肅但又戲謔的荒謬特質，並認為「如果純從《西遊記》的結構去了解這種故作顛倒的小說之筆，或者可以發現這樣的隱義：完美形象的追求本身，經常具有令人百思不解的遺憾甚至荒謬，使人不禁興起無可奈何的沉思。這或許就是第九十九回所述，天地原本『不全』的微意吧」。

---

[30] 吳達芸：〈天地不全——《西遊記》主題試探〉，《中外文學》（1982年 10卷 11期），頁 80～109。以下引文均見此，不另加註。

　　首先，吳達芸從取經的緣起來討論不全之義。她指出西行緣起包括四種不同因素，一為如來興起傳經東土的念頭並派觀音物色取經人；二是天宮蟠桃會上，四眾犯錯被罰，後因觀音之助成為西行取經的得力助手；三為太宗遊地府。選玄奘取經以消冤結；四是佛子金禪因無心聽講被貶下凡，託身為玄奘接受種種苦報。並將之一一分析，指出這每一項因素都有著一些跟「朝聖」背道而馳的細節：「如來的以高壓逼人皈依、觀音的徇私蒙蔽、八戒沙僧等的吃人行為、太宗的草菅人命、冥界的毫無公理、玄奘的皇恩至上等，均使『朝聖』的整體意義產生充滿令人困惑的遺憾」，所以全書一開始便隱含了不全的線索。

　　接著，吳達芸就取經的歷程來探討「不全」的意義，其中又分為三點：第一是諸魔慾望永不得逞，她指出從表面來看，妖魔不馬上吃下唐僧，或是因美食主義的作祟（泡置數日以去除腥羶之氣），或是心存忌憚（恐懼悟空復仇），但其深層的意義是「藉著這接二連三乍滅乍起的『吃人』事件，暗示「存在」本身的困境：對於超越死亡無止境的渴望注定是必然要落空的」。第二是天宮、靈山集團之虛妄，她指出《西遊記》中出現的妖魔，其二分之一以上皆來自天宮或靈山，「令人對這兩大集團的真面目，萌生猜疑之情」。第三是取經人物的缺陷，在此吳氏討論的焦點主要在於唐僧與八戒二人。她指出唐僧在取經途中常有自私、懦弱等行為，其心靈駁雜，雖到後來有所轉變，但智慧並未有突破性的成長，所以「像這種虛有其名的聖僧終於也得成正果，足見『正果』實際上也是充滿遺憾的不全」；而八戒則更無唐僧其「永不退卻的前進」的意志，受制於內在的食色慾望，缺乏主動思考與作為，受限於外在環境，在「贖罪」的過程中幾乎毫無功績，其成佛理由亦矛盾百出，最後被封為「淨壇使者」，豈非表示成正果後，仍無法超脫口腹之欲。

　　再者，吳達芸探討了《西遊記》的結局──「功成行滿見眞如」所表現的不全之義。她指出靈山所在的西賀牛洲如通天河、比丘國等仍多爭多殺，比之東土不遑多讓。而大雷音寺本身也是污點多多，阿難、迦葉傳經時收索賄賂，行者等向如來告知此醜行時，如來反而說出「經不可輕傳。亦不可空取」的話，最後五衆所取回的經典眞僞參雜，它表現出「佛法既不實，佛徒又有虧，則靈山天竺之無法廣披教化，自屬意料中事，東土中華之難得助益，更是理所當然。因此，唐僧師徒跋山涉水，虔誠無比的『朝聖之行』，就東土之人而言，實乃受騙，就西天諸佛而論，則爲泥菩薩過江，自身難保，總而言之，這是一場令人充滿遺憾的荒唐鬧劇」。

　　經由以上分析，吳達芸認爲《西遊記》從取經的緣起、過程到結束，處處皆顯示了「不全」的存在，並指出只有孫悟空對「不全」有所體悟，是「不全」的見證者。

第三節　小結

　　五○年代至七○年代間對《西遊記》的主題接受，主要可由李辰冬與薩孟武的看法爲代表。李辰冬著重於吳承恩的生平際遇與當時的政治狀況，認爲《西遊記》寄託了吳承恩一肚子的牢騷、不平、與憂國憂民。《西遊記》書中的一些內容（寶象國、車遲國、祭賽國等背景）與人物（唐僧、八戒、悟淨與妖魔）都是當時現實社會的反映。

　　薩孟武也從政治的角度來看西遊記的一些情節，但與李辰冬所不同的是，薩孟武所注意到的，是中國歷朝歷代的政治情形，而不僅僅是吳承恩所生活的明代而已，也就是說，薩孟武是將《西遊記》放在中國古代政治這樣一個廣闊的範圍來考察的。但在閱讀完薩氏的論

著後可以發現這本書是以《西遊記》的部分內容來說明我國的政治原理。也就是說，《西遊記》只是闡示我國的政治原理的材料罷了。

　　七〇年代以後，由於夏志清〈西遊記研究〉一文的出現，許多學人從中得到啓發。另外，西洋文學理論如神話原型、心理學、結構主義等等，也被應用來研究《西遊記》，雖然他們在文中仍不時提到「吳承恩」，並以其爲《西遊記》的作者，但這個名字在文章中作用已經很小了，論者所注意的已不是吳承恩的生平與當時的政治環境，而是將焦點轉移至作品本身，或討論其結構，或解析其人物，二十世紀是理論的世紀，理論的設定關係到作品解讀的結果，這時期理論的運用，使《西遊記》又被創造出更多樣且豐富的面貌，有些是形而上的哲學解讀，有些以探源爲延伸的必備，一部經典作品，實有掘不盡的歷史厚度。

第五章　五○年代至九○年代中大陸地區《西遊記》的主題接受

　　一九四九年以後，由於政治和其他社會背景不同，兩岸對《西遊記》主題的接受，有著不同的走向，臺灣地區對於《西遊記》主題接受的情形已在第五章作了說明，本章則是討論大陸地區對《西遊記》主題的接受情況。

　　本章共分四節，前三節將五○年代至九○年代中大陸地區對《西遊記》主題的接受情況分爲三個時期加以論述，第四節則爲本章小結。

第一節　五、六○年代《西遊記》的主題接受

　　一九四九年十月，中國共產黨在毛澤東的領導之下，於大陸建立了中華人民共和國。這一時期的古典文學研究，大體而言，是在毛澤東思想與馬克思主義理論指導下進行的。

　　毛澤東在〈新民主主義論〉中說：「中國的長期封建社會中，創造了燦爛的古代文化。清理古代文化的發展過程，剔除其封建性的糟粕，吸收其民主性的精華，是發展民族新文化提高民族自信心的必要條件；但是絕不能無批判地兼容並蓄，必須將古代封建統治階級的一切腐朽的東西和古代優秀的人民文化及多少帶有民主性和革命性的東

西區別開來」[1]，這裡雖泛指古代文化，但其中也包括了古典文學；在〈在延安文藝座談會上的講話〉中他又說：「文藝批評有兩個標準，一個是政治標準，一個是藝術標準。……但是任何階級社會中的任何階級，總是以政治標準放在第一位，以藝術標準放在第二位的。……無產階級對於過去時代的文學藝術作品，也必須首先檢查它們對待人民的態度如何，在歷史上有無進步意義，而分別採取不同的態度」[2]。從以上兩段話可以看出，毛澤東主張對於古代文學必須「批判地繼承」，而其批評的標準是屬於政治性的，代表人民的、具有民主性的，就應該被肯定、被繼承；是統治階級的、封建的，則應該被批判、被揚棄。

本著上述所謂「批判地繼承」的精神，這時期所有的古典文學工作者，都在學習並運用馬克思主義的階級鬥爭學說及歷史唯物主義來作古典文學的研究。馬克思主義其實早在二十世紀初便已輸入中國，在二、三〇年代間也有人以其理論作了一些研究，但在當時馬克思主義只是被當作眾多研究方法的一種，其真正全面地、無懷疑地被拿來作為研究的至尊方法，則是自一九四九年之後開始，這當然與中國共產黨以馬克思主義為指導思想的政治因素有著相當大的關係。

對於這個時期古典文學研究背景的認識，是了解這一時期《西遊記》主題接受的一個前提，因為《西遊記》是中國古典文學中的一部名著，其研究與接受自然也是在這樣的氛圍下進行。

這時期《西遊記》的主題接受，進入了一個新的階段，對於一九四九年以前大部分的《西遊記》主題說，此時的學者大都抱持著否定的態度，如清代的諸種證道說，他們都認為是「可笑的」、「主

---

[1] 見毛澤東：《毛澤東選集》（北京市：人民出版社，1966年），卷三，頁 679。

[2] 同上註，頁 871。

觀的」、「曲解的」，是「以小人之心，度君子之腹」[3]；對於胡適
的「遊戲說」，則認為是「目的只是為了毀謗、貶低祖國的文化遺
產，藉此削弱民族自豪心，替帝國主義的奴化思想張目；同時也藉此
拉著青年的鼻子，使他們離開作品的社會內容，陷入低級的滑稽趣味
裡」[4]、是「淺薄的、荒唐的、有毒素的」[5]。

　　其中以張天翼與李希凡二人對《西遊記》主題的看法最具代表
性，茲以此二人觀點為討論焦點如下：

一　張天翼：主題矛盾說

　　張天翼對《西遊記》的看法，主要見於一九五五年二月《人民文
學》上的〈西遊記札記〉[6]一文。張文被譽為在一九四九年以來一篇
具有一定價值的論文，因為他「撇開了一切玄虛的、歪曲的舊說，以
唯物主義的觀點分析了《西遊記》的客觀因素」[7]。

　　在文中，張天翼將西遊故事中的神魔與封建社會的階級加以聯想
劃分，神佛是高高在上的統治者，而妖魔則是反抗封建統治的人民，
神魔之間的對抗就是反映「封建社會的統治階級與人民——主要是農
民——之間的矛盾和鬥爭」。

---

[3]　對於清代諸種證道說的批評，可見張天翼的〈《西遊記》札記〉、張默生的〈談
　　《西遊記》〉與彭海〈《西遊記》中對佛教的批判態度〉，三文皆收於《西遊記研
　　究論文集》（北京市：作家出版社，1957年）。
[4]　見李大春：〈讀《西遊記》的幾點心得〉，《西遊記研究論文集》（北京市：作家
　　出版社，1957年），頁122。
[5]　見馮沅君：〈批判胡適的西遊記考證〉，《文史哲》（1955年7月），頁41。
[6]　張天翼：〈《西遊記》札記〉，《西遊記研究論文集》（北京市：作家出版社，
　　1957年），頁1～16。以下引述張天翼的觀點均見此，不另加註。
[7]　見沈玉成、李厚基：〈讀〈《西遊記》札記〉〉，《西遊記研究論文集》（北京
　　市：作家出版社，1957年），頁17。

　　依著這樣的思路，張天翼指出孫悟空的大鬧天宮就是描寫農民起義，鬧天宮不成就是起義失敗，這時的孫悟空，就只有以下兩條路可行：一是像黃巢、方臘等，被統治地主血腥鎮壓下去；一是像水滸傳（百回本或百二十回本等）的宋江他們，接受統治階級的招安，而「《西遊記》寫孫悟空走了後一條路」。

　　張天翼認爲後八十八回孫悟空「投降了神，──叫作『皈依正道』。他保護唐僧到西天取經，一路上和他過去的同類以至同伴作惡鬥，立了功，結果連他自己也成了神，──叫做成了『正果』」，是與前七回矛盾、對立的，後八十八回否定了前七回的意義，「《西遊記》主題上的矛盾」，作者不但解決不了，「而且我們還發現：這部作品裡有些地方作者的立足點是模糊或混亂的：有時候被壓迫階級裡的角色也受到作者的糟蹋，統治階級裡的角色有的也受到作者的讚美」。

　　張天翼對於《西遊記》主題的看法，在大陸學界被簡稱爲「主題矛盾說」。

　　在張天翼提出了這樣的看法之後，旋即便有沈玉成、李厚基、沈仁康、童思高等人提出了批評。

　　沈玉成、李厚基在〈讀〈《西遊記》讀札記〉記〉[8]一文中，對於張氏所言的孫悟空投降統治階級與神魔關係這兩個問題提出了不同的看法。首先，在第一個問題上，沈玉成、李厚基從題材的傳統性與作者的態度來考察，認爲西方極樂世界並無代表統治者形象的意義，所以不能將孫悟空保唐僧西天取經說成是對於統治者的投降；在第二

8　見沈玉成、李厚基：〈讀〈《西遊記》札記〉〉，《西遊記研究論文集》（北京市：作家出版社，1957年），頁 17～24。以下引述沈玉成、李厚基的觀點均見此，不另加註。

問題上，沈玉成、李厚基認為西天路上妖魔阻礙取經與孫悟空鬧天宮的性質不同，「孫悟空反抗了作為統治者集團的天宮，這是值得肯定的；而魔頭們卻在唐僧取經的途中出來搗亂，成為追求光明的道路上的絆腳石和阻礙者，這就不值得肯定」，這些魔頭的共同特點是愛吃人，「他們的形象，在很大程度上更近似吳承恩時代的那些官僚、劣紳、土豪、惡霸地主，地痞無賴」。在此文中，沈、李二人還指出，若再將張天翼「主題矛盾說」引申下去，「進而得出否定《西遊記》的人民性的結論，也是難於避免的」。

沈仁康在〈西遊記試論〉[9]中，也批評了張天翼的對於神魔關係的看法。他說把取經路上的妖魔當作農民起義的代表，是一種錯誤的看法，因為「這樣不但污衊了農民起義的性質，同時也否定了孫悟空鬥爭的意義」。他指出這些妖魔的共同特點都是危害人民的，他們是「代表著地方的惡霸地主的」，「孫悟空打擊取經路上的妖魔，是代表了人民要求打垮惡霸地主的願望，也是應該肯定的」。

童思高的〈試論西遊記的主題思想〉[10]對於張天翼的批評，焦點同樣也是放在神魔關係上。他認為那些妖魔鬼怪是在描寫「封建社會中的貪官污吏、惡棍土豪」，但他較以上二文更突出的一點，是指出神魔一體，兩者皆屬統治階級，神佛是公開的「合法」壓迫人民，而「妖魔是神佛的下屬，是直接受神佛支配的壓迫與統治人民的工具」。

從以上幾篇文章對於〈西遊記札記〉的批評可以看出，沈玉成、李厚基、沈仁康、童思高等人對於《西遊記》七回以後的見解與張天

9　沈仁康：〈西遊記試論〉，《西遊記研究論文集》（北京市：作家出版社，1957年），頁39～55。以下引述沈仁康的觀點均見此，不另加註。

10　童思高：〈試論西遊記的主題思想〉（北京市：作家出版社，1957年），頁56～69。以下引述童思高的觀點均見此，不另加註。

翼有很大的不同，而歧異的焦點主要是在七回以後的神魔關係與魔所代表的意義上。雖然張天翼對後七回《西遊記》的看法，眾人多所批評，但他將前七回孫悟空大鬧天宮看成是農民起義的說法，大體而言，眾人是一致贊成的，如沈玉成、李厚基也指出「在前七回中，孫悟空作為叛逆者而出現，堅決反對天宮統治階級」，沈仁康也說「孫悟空大鬧天宮，是代表了人民對統治階級的反抗的火焰」，童思高也提出類似的看法。

　　筆者以為，張天翼對於《西遊記》主題的看法有開創的意義，因為他可以說是用馬克思思想來解讀《西遊記》的第一人，起了一個示範的作用，雖然他的看法有所缺失——對於神魔關係作了武斷的劃分，缺乏對文本實際、細膩的分析，如沈玉成、李厚基所說的——「從概念上出發，對於魔的實質意義作出了錯誤的理解」，但其說的某些內容仍得到眾人的認同，對當時與以後的《西遊記》主題的接受，都產生了相當大的影響。

二　李希凡：主題轉化說

　　一九五九年七月，李希凡在《人民文學》發表了〈漫談《西遊記》的主題和孫悟空的形象〉[11]一文，對於《西遊記》的主題提出了自己的見解，其說在當時是十分具有代表性的[12]。

---

[11] 李希凡：〈漫談《西遊記》的主題和孫悟空的形象〉，《人民文學》（1959年7月），頁94～100。以下引文李希凡論點均見此，不另註出處。

[12] 李希凡尚有〈豬八戒是一個什麼樣的「典型」〉、〈《西遊記》的演化及其神話浪漫精神的特色〉等文章，其中也提到對《西遊記》主題的看法，但內容與〈漫談《西遊記》的主題和孫悟空的形象〉相同並且較為簡略，故筆者不予以贅述，兩文可見於李希凡：《論中國古典小說的藝術形象》（上海市：上海文藝出版社，1962年），頁318～336、頁337～350。

　　文章指出《西遊記》前七回孫悟空與天界神佛間的神魔鬥爭，是封建社會階級鬥爭的昇華，「神的統治者，神的統治機構，不過是中國富有特徵的封建統治者，封建統治機構的幻化，而孫悟空也恰恰是人的叛逆英雄的理想化」，孫悟空就像是「一支英雄的農民起義軍，像水滸義軍一樣，起而反抗封建統治者」。

　　接著，李希凡指出《西遊記》七回以後的主題則有了顯著的轉變，他認為如果《西遊記》前七回是反映了「人民的反正統情緒」，那麼七回以後的主題是「轉向了一個更廣闊、更魅人的神話」，這個「神話」所指的是孫悟空保護唐僧西天取經，而取經路上的妖魔則是「真正意義上的魔」，象徵著「自然險阻和重重困難」，七回以後的故事透過唐僧四眾的艱苦奮鬥，「充分的表現中國人民征服自然，征服困難的偉大理想，表現了中國許多歷史人物獻身於理想和事業的堅忍不拔的毅力和信心」。

　　李希凡對於《西遊記》主題的看法，在大陸學界被簡稱為「主題轉化說」。

　　將張天翼的「主題矛盾說」與李希凡的「主題轉化說」相比，可以發現兩者對於《西遊記》前七回（大鬧天宮）的主題，皆抱持著一致的看法，都將之視作反映人民起義，表現反正統的精神；兩者的歧異處主要在於是對七回之後的故事（西天取經）主題的解讀不同。那麼，為什麼《西遊記》的前後主題之間關係不是「矛盾」的呢？李希凡則從的孫悟空形象性格與取經路上的神魔問題兩方面來說明。

　　李希凡指出雖然皈依後的孫悟空雖然帶著一點失敗者的悲劇氣氛，但仍是一個「洋溢著戰鬥熱情的英雄形象」，並無殘害同伴的惡劣品格：

　　　如果說在前七回，孫悟空的性格主要還是體現在勇敢和叛逆的

> 行動裡，那麼，他的無窮的智慧、堅定的意志、仁愛的心靈以
> 及矢忠於事業的誠摯坦蕩的胸懷，總之，這些也是同樣是從中
> 國人民的偉大民族性格裡概括、昇華出來的優秀品質，在他的
> 後期性格裡，是被更深、更廣地的表現出來了。因而，它的形
> 象不僅沒有失去魅力，而且是更增加了他的絢爛的光彩。

李希凡認為孫悟空的前後性格雖有不同，但都具有巨大的藝術魅力，
受到廣大人民的熱愛，這是一個所謂「叛賣者」不可能得到的。

在神魔問題方面，李希凡以為取經路上的妖魔並不像張天翼所說
的「很有些可愛的角色」，雖然個別如牛魔王、鐵扇公主有值得同情
之處，但他們並不能做為群魔的代表，而且取經路上的妖魔多半與神
佛有著血緣關係，大多是被派遣下來為唐僧師徒製造困難的，不能算
是孫悟空過去的「同類」、「同伴」。因此，七回以後的神魔鬥爭不
能再從表面來理解，西天取經路上的妖魔是「自然險阻與困難幻化成
惡勢力的形象」，他進一步的說：

> 如果把《西遊記》裡的許多生動活潑富於變化的神話故事，都
> 設想成現實生活的階級矛盾的反映，那就不僅會曲解了取經神
> 話優美的主題，而且會弄得草木皆兵了。

從以上論述可知，李希凡不贊成張天翼的「主題矛盾說」是有其理
由的。那麼，為什麼李希凡會認為《西遊記》有前後兩個不同的主
題呢？〈漫談《西遊記》的主題和孫悟空的形象〉並無說明，不過我
們可以從李希凡在多年後所撰的一篇文章〈《西遊記》與社會現

實〉[13]得到部分解答。

　　〈《西遊記》與社會現實〉這篇文章是李氏的「主題轉化說」逐漸被其其他的主題說法取代之後，爲維護其說法的合理性而寫的，文中他提出了兩個問題：一是就前後故事關係來看，大鬧天宮與西天取經缺乏內在關聯，藝術情節矛盾而造成性質不同，難以融合爲一體；再二是就主要人物性格而言，孫悟空的性格在前後的確有所不同，難以做出一個「統一」的合乎性格邏輯的分析和解釋。雖說這兩個問題是就教於提出新說的學者，但也反映了就是因爲這兩個原因，讓李氏認爲《西遊記》主題是前後不同的。

　　就筆者的觀察，李希凡所提出的「主題轉化說」並不是沒有缺點的，其說的最大的問題在於爲什麼認同大鬧天宮具有階級鬥爭的性質，但卻否認西天取經也具有同樣性質？這一點他在文章中並沒有說明。

　　「主題轉化說」在當時是比較被大陸學界所接受認同的，李說一出後幾乎無人提出相左的意見，甚至同時期所編的幾本《中國文學史》在論述《西遊記》的主題時，也採用類似的說法[14]，可見「主題轉化說」在當時具有一錘定音的效果。

第二節　七○年代末至八○年代初《西遊記》的主題接受

---

[13]　李希凡：〈《西遊記》與社會現實〉，《江海學刊》（1983年1期），頁47～51。

[14]　如游國恩、王起等所編的《中國文學史》與中國社會科學院文學研究所中國文學史編寫組的《中國文學史》在論述到《西遊記》的主題思想時，也都提出類似「轉化」的說法。見中國社會科學院文學研究所中國文學史編寫組《中國文學史》（北京市：人民文學出版社，1962年），頁1054～1063；游國恩、王起等《中國文學史》（北京市：人民文學出版社，1964年2月），頁935～942。

　　一九六六年到一九七六年之間，大陸地區展開了「文化大革命」。在這個時期，古典文學被歸爲必須破除的「四舊」之一，許多相關的研究機構被癱瘓、書報雜誌停刊、學者遭到批判與下放，古典文學研究幾乎無法展開，《西遊記》的研究也處於停滯的狀態[15]。

　　一九七六年九月毛澤東去世，一九七六年十月「四人幫」被逮捕，達十年之久的「文化大革命」宣告結束，但當時中共的領導人華國鋒提出了「兩個凡是」[16]，所以對於過去的思維模式，還無法做出反思；直到一九七八年五月，「實踐是檢驗眞理的唯一標準」的討論在鄧小平的推動下展開，否定了「兩個凡是」，同年年底，中國共產黨十一屆三中全會召開，確立「解放思想，實事求是」的思想路線[17]，這時人們的思想才逐漸解脫了束縛。這時期古典文學研究者，對於一九四九年以來古典文學的研究也作出了回顧，指出了若干錯誤。他們認爲過去的研究缺陷在於對馬克思主義的理解不足，有過分強調階級鬥爭的「庸俗社會學」傾向，所以今後應該要深化對馬克思主義思想的理解，正確、具體地來作研究。

　　這一階段《西遊記》主題的研究與接受就是在這樣的背景下展開的。對於五、六〇年代《西遊記》主要的兩種主題說——張天翼「主題矛盾說」與李希凡「主題轉化說」，本時期的研究者都提出不同的批評，如朱彤、羅東升認爲張、李二人對孫悟空的形象分析錯誤，孫悟空並不是起義農民英雄的形象，大鬧天宮也非反映農民革命[18]；苗

---

[15] 郝浚：〈四十年來《西遊記》研究狀況簡評〉，《文史知識》（1989年1期），頁123。

[16] 所謂的「兩個凡是」是指「凡是毛主席做出的決策，我們都堅決維護，凡是毛主席的指示，我們都始終不渝地遵循」。見《人民日報》1977年2月7日。

[17] 見中共中央文獻研究室：《三中全會以來的重大決策》（北京市：中央文獻出版社，1994年10月），頁9。

[18] 朱氏之說見頁87，羅氏之說見頁91。

壯、胡光舟認爲《西遊記》是部「神話小說」，所以不能將其內容等同於「現實生活的矛盾」[19]，以上種種，不一而足。總的來說，這一時期的研究者都認爲《西遊記》有一個完整、統一的主題。

本節討論的《西遊記》主題說，計有：朱彤、朱式平、羅東升、胡光舟、劉遠達、丁黎與傅繼俊等數家。

一　朱彤：歌頌新興市民說

朱彤對於《西遊記》主題的看法，主要見於〈論孫悟空〉[20]一文。

文章開頭指出了「《西遊記》是孫悟空這個神話人物的英雄傳奇」，所以「如何分析評價孫悟空這個藝術形象的社會內容和典型意義」，也就成爲正確理解《西遊記》的關鍵。

朱彤認爲「文學是現實生活的反映，文學創作中一些新的人物形象的出現，都有其深刻的社會歷史根據」，並引用恩格斯所說的「主要人物是一定的階級和傾向的代表，因而也是他們時代的一定思想的代表，他們的動機不是從瑣碎的個人慾望中，而正是從他們所處的歷史潮流中得來的」，基於以上的觀點，朱彤分析了孫悟空形象的社會歷史根據，他指出吳承恩的時代雖然仍是封建社會，但資本主義已漸漸萌芽，新興市民社會勢力開始嶄露頭角，社會中階級矛盾日漸複雜，中國社會面臨新舊交替的歷史轉變。這是朱彤對於明代後期的社會經濟的認識，而這樣的認識，決定了他對《西遊記》與孫悟空的看法：

> 《西遊記》就是在這種歷史背景下問世的。它表現了要求變革

---

[19]　胡氏之說見頁 93。

[20]　朱彤：〈論孫悟空〉，《安徽師大學報》（1978年1期），頁 68～79。以下引述朱彤的觀點均見此，不另加註。

的時代精神，反映新興市民社會勢力的政治思想要求。孫悟空
形象就是新興市民社會勢力的政治思想面貌，在文學上以理想
化了的浪漫主義形式的表現。

那麼，新興市民社會勢力的政治思想面貌是什麼呢？朱彤點明就是
「在爭取自由鬥爭中那種反封建的進步要求，以及在這同時所表現出
那種政治上的幼稚和妥協性」；「現實社會中代表資本主義萌芽要求
的新興市民，始終是封建階級統治階級的對立物，在封建勢力還處於
相對強大，新興勢力還很弱小的條件下，他們之間的矛盾，有時可以
出現暫時的緩和，但永遠不能消除，一有適當時機就一定要出現新的
對抗。」從這樣的觀點出發，他認為孫悟空性格中的矛盾、命運的前
後變化都表現出這種二重性，這種「兩面搖擺的政治態度」，「孫悟
空與天庭統治者之間，就始終處在這樣複雜、微妙關係之中。」具體
來說：「孫悟空大鬧三界時那種大無畏的反抗精神」，「正是新興市
民社會勢力反封建進步性一面在藝術創作中帶有誇張性的昇華」；
「孫悟空在封建勢力欺騙和重壓下悲劇性的妥協」，「是這個社會勢
力先天妥協性的真實概括」。在對孫悟空形象的意義有如此的認識之
後，朱氏認為「就不難理解《西遊記》前七回與取經故事在主題思想
上的一致性，孫悟空思想性格邏輯發展的統一性」，最後，他對《西
遊記》提出了這樣的評論：

> 如果說，大鬧天宮故事表現的是孫悟空與以玉帝為首的神權最
> 高統治集團進行面對面的鬥爭，那麼，取經故事就是孫悟空與
> 玉帝在凡間代理人──妖魔之間的搏鬥，二者歌頌新興事物的
> 反抗的主題是一致的，批判反動事物的腐朽性也是相同的。

以上便是朱彤對於孫悟空形象與《西遊記》主題的看法，大陸學界一般將其簡稱爲「歌頌新興市民說」。

　　文中，朱氏還指出張天翼的「主題矛盾說」和李希凡的「主題轉化說」都是「形而上學地把封建社會的基本矛盾——地主階級與農民階級的矛盾，硬套到孫悟空形象上去，削足適履，強作解釋」，「只看到封建社會階級矛盾普遍性」，「沒看到封建社會末期在社會基本矛盾制約下出現的階級矛盾的特殊性」。雖然朱彤對李希凡、張天翼的批評頗言之成理，但就筆者觀察，朱彤與張、李二人都是「形而上學地」將封建社會的某個階級「硬套」在孫悟空的身上，理路並無不同，差異處只是在於朱彤著眼於「封建社會階級矛盾特殊性」，張、李二人注意到「封建社會階級矛盾普遍性」罷了。

　　在朱文發表後，則有趙明政撰寫了〈孫悟空是「新興市民」的形象嗎〉一文，表達了不同的意見[21]。他指出當時新興市民社會勢力與封建勢力的鬥爭只是局部的、零碎的，而孫悟空大鬧天宮反封建統治者的堅決性與徹底性是當時新興市民社會勢力所不可想像的，所以孫悟空並不是「新興市民」的典型形象，「大鬧天宮無疑是中國歷史大小數百次農民猛烈衝擊封建政權和封建秩序的偉大鬥爭的集中和概括」；孫悟空機智幽默、積極樂觀的性格也非是新興市民所獨有，我國勞動人民也具有相同品質。最後他認爲「如果我們按圖索驥，硬要把十六世紀明朝的社會具體現象，和孫悟空這個神話中的藝術形象加以一一和指實，就可能會產生牽強附會的結論」。

二　朱式平：安天醫國說

---

[21]　趙明政：〈孫悟空是「新興市民」的形象嗎〉，《安徽大學學報》（1978年3期），頁53～61。以下引述趙明政的觀點均見此，不另加註。

　　朱式平在〈試論《西遊記》的政治傾向〉[22]這篇文章中，提出《西遊記》的主題是「安天醫國」。

　　文章分析說，《西遊記》前七回以孫悟空大鬧天宮爲頂點，以安天大會爲結局。孫悟空大鬧天宮是由於玉帝輕賢，所以「作品以鬧天作爲教訓，告誡玉帝要『施教育賢』，方能使『乾坤安靖，海宇得清寧也』」，鬧天是用以發聵振聾的，但作者吳承恩畢竟是封建階級的一員，故當「鬧天」將破壞天庭的根本秩序，動搖到天庭的根本統治時，他就反對「鬧天」而主張「安天」，「『鬧天』與『安天』的對立，其本質應該是階級鬥爭的反映。但在作者的心目中，從維護天庭的最高利益考慮，有時則可以把兩者統一起來」，所以「前七回中儘管作者在某種情況下同情『鬧天』，但是故事的主題則是『安天』。而且這個『安天』思想貫串全書的，它也是取經故事的主題」。

　　文章接著指出，取經路上的妖魔從來源可分爲來自天界的逃奴、逸獸與人間土生的魔怪兩類。來自天界的逃奴、逸獸「揭示了『亂自上作』的致禍根源」，的確有些「責天」意味，但作品對於那些縱惡危害生靈的主子，雖有抨擊卻又爲他們開脫，認爲他們只是「鈐束不嚴」、「家法不謹」，所以當孫悟空降服這類妖魔之後，都會讓他們被主子帶回，「這正是作者『責天』而又要『安天』，『責天』是爲了『安天』的思想的反映」；至於那些土生的魔怪，他們占山林爲王，不受天庭約束，「神佛對他們進行鎮壓，強迫他們『皈依』，爲上界消除隱患，這當然更是爲了『安天』」。取經路上所經的人間國度也大多人妖顛倒，民災深重，爲這些人間國度除邪去惡，表現了作者爲封建階級『醫國』的思想，『醫』封建階級之『國』，是『安

22　朱式平：〈試論《西遊記》的政治傾向〉，《山東師院學報》（1978年6期），頁53～61。以下引述朱式平的觀點均見此，不另加註。

天』思想的另一種表現形式」。

　　經由以上分析後，朱式平對《西遊記》的主題得出這樣的結論：
大鬧天宮與取經故事的故事主題並無二致，「作者的『安天』、『醫
國』思想，貫串於這兩個部分，構成完整的思想體系，連綴著全書的
各個章節」。

　　嚴云受在〈孫悟空形象分析中的幾個問題〉[23]一文中，則提出與
朱式平不同的意見。他認爲作者在描寫大鬧天宮時，「文采飛揚，生
動有趣，扣人心弦。讚美之情，洋溢於字裡行間」。而描寫安天大會
時，則「枯瘠暗淡，了無趣味，死氣沉沉，抽象枯燥的說教，十分刺
目」。「兩相比較，吳承恩思想中的進步方面給我們留下了很深的印
象，而他那譴責猴王欺聖亂倫的落後偏見則降居十分次要的位置。即
此一例，已可說明不能把『安天』當作小說的靈魂，更何況豐富複雜
的取經途中的鬥爭故事，同『安天』是很難牽連得上的」。

三　羅東升：誅奸尚賢說

　　羅東升在〈試論《西遊記》的思想傾向〉[24]一文中，提出「《西
遊記》的內容是豐富的，思想是比較複雜的，但其誅奸尚賢的思想傾
向是明顯的」。

　　此文先分析了吳承恩的生平與思想，認爲「吳承恩所理想的英雄
當然決不是起義的農民英雄，而是他在詩文中所謳歌的『上務經國，
下求寧民』，『懲惡以福善』，而『無所顧慮』，『不避毀謗』，

---

[23]　嚴云受：〈孫悟空形象分析中的幾個問題〉，《安徽師大學報》（1979年2期），
　　　頁63～75。以下引述嚴氏觀點均見此，不另加註。
[24]　羅東升：〈試論《西遊記》的思想傾向〉，《遼寧師院學報》（1979年1期），頁
　　　31～37。以下引述羅東升的觀點均見此，不另加註。

『敢於忤旨』的有識之士。孫悟空的形象，就是吳承恩在上述思想指導下，根據這樣的模特兒塑造出來的」。

　　文章接著從孫悟空大鬧天宮與保唐僧西行取經兩方面來分析《西遊記》的思想傾向。羅東升指出孫悟空之所以大鬧天宮，主要原因是由於玉帝「輕賢」，而這樣的描寫，「表現了作者對明王朝腐朽統治的揭露和抨擊，對被壓抑、被排斥的有識之士的同情，對被受害者的不畏強暴，敢於反抗的鬥爭精神的歌頌」。但當孫悟空鬧天宮鬧得太過分，妄想取玉帝而代之時，吳承恩便讓如來佛來降服孫悟空，吳承恩這種讚揚孫悟空反皇帝但又反對他奪帝位，則是反映出是吳承恩階級的侷限性。

　　在保唐僧西行取經方面，羅東升認為取經路上的妖怪「大都具有社會內容，實際上是封建惡勢力的化身，是明代的權奸佞臣、惡霸豪紳的化身」，孫悟空在神佛的支持協助下斬妖伏魔，這樣的描寫則「明顯地寄託著作者誅殺奸臣和掃除危害社會秩序的邪惡勢力的願望」。

　　經由以上的分析，羅東升對於《西遊記》的主題提出這樣的看法：

> 孫悟空大鬧天宮主要是反對輕賢，斬妖除魔則是為君除害。他實際上就是作者所理想的為之『致麟鳳』的一把『斬邪刀』，是作者所理想的敢於除奸去邪，善於經世寧民的賢士，這明顯地表現出了作品誅奸尚賢的思想傾向。

在羅文發表不久之後，朱繼琢撰寫了〈也談西遊記的思想傾向──與

羅東升同志商榷〉[25]一文，駁斥了羅文的觀點。他認為羅文將作品與作者思想等同，進而把幻想的統一性當作具體的統一性，是難以讓人同意的。朱氏指出從孫悟空的思想性格來看，孫悟空要的是尊榮高名、平等自由，他並不計權限大小、俸祿高低，更沒想過要「匡君治世」、作「棟樑賢臣」，所以大鬧天宮是由於孫悟空「素樸的自由平等思想」與天國「嚴格的等級制度」產生對立衝突所造成的，「玉帝輕賢」並不是根本原因；而取經路上危害人間的妖魔是「社會現實中邪惡勢力的象徵和幻化，並非指社會上某種特定階級的勢力」，不應將其侷限地認為是代表「統治集團的權奸佞臣」。

四　胡光舟：主題統一說

胡光舟對於《西遊記》的主題看法，主要見於〈對《西遊記》主題思想的再認識〉[26]一文中。

文章開頭，胡光舟便指出在討論《西遊記》的主題時，必須從《西遊記》是神話小說的前提出發，要認知神話小說「在基本反映方式上仍然是幻想的，不以具體社會矛盾的一定條件為依歸的」。所以在分析《西遊記》中的人物時，祇能將之分為正義光明與黑暗邪惡兩面，而不能說他們代表著封建社會的某個階級，至於讀者在閱讀時，將「《西遊記》中的神話人物來類比封建社會的各種階級力量和階級典型，那是屬於《西遊記》客觀社會意義的範疇，雖然與其主題緊緊相關，但是不應當將其與主題混為一談」。

---

[25]　朱繼琢：〈也談西遊記的思想傾向──與羅東升同志商榷〉，《華南師院學報》（1980年1期），頁110～117。以下引述朱繼琢的觀點均見此，不另加註。

[26]　胡光舟：〈對《西遊記》主題思想的再認識〉，《江漢論壇》（1980年1期），頁104～110。以下引述胡光舟的觀點均見此，不另加註。

接著胡光舟便從孫悟空大鬧天宮與保唐僧西遊取經兩分面來討論《西遊記》全書的主題。胡氏認為孫悟空大鬧天宮時總的特點，可以概括為「反抗」二字，「他反抗皇權的尊嚴，反抗對自由的禁錮，反對束縛思想，反抗傳統勢力壓制」，大鬧天宮主題重點在於「讚揚孫悟空反抗正統的秩序，要求個性自由的叛逆行動和性格，在當時的歷史條件下，這一種題具有它充分的正義性質和進步的社會意義」。

在保唐僧西遊取經方面，胡氏指出在《西遊記》中，取經被視為是一項光明、偉大，正義的事業，而西天路上的妖魔大多都是阻礙取經，欲吃唐僧肉以求長生不老的，所以孫悟空與妖魔間的鬥爭，就是取經與反取經的鬥爭，實質上也就是光明與邪惡的鬥爭。

在經過以上的分析後，胡光舟在文末下了這樣的結論：

> 我認為《西遊記》有統一的主題，大鬧天宮側重於對傳統勢力的反抗，取經故事側重於對理想光明的追求，但二者都表現在正義反對邪惡的鬥爭中，統一在孫悟空這個理想主義英雄形象身上，還統一在兩個故事所共同具有的正義性之中。

胡光舟對《西遊記》的主題看法一般被簡稱為「主題統一說」或是「歌頌反抗、光明與正義說」。

五　劉遠達：破心中賊說

劉遠達對《西遊記》主題的看法，主要見於〈試論《西遊記》的

思想傾向〉[27]一文。

在這篇文章裡，劉遠達先分析了《西遊記》所表現的思想內容。他指出《西遊記》在塑造孫悟空形象時，分成了兩個階段，第一階段是大鬧天宮，此時的孫悟空是個「敢於鬥爭，敢於向封建統治者造反的神話英雄」，但這並不是孫悟空形象的全貌與本質，「它只是孫悟空這個形象的性格發展的起點，是塑造另一個完整的孫悟空的形象所作的必要的鋪墊」；而在第二階段——十四回以後的故事中，孫悟空這個形象有了「質」的變化，孫悟空在受了五百年的折磨後，終於向封建統治階級認罪屈服，他對觀音表示「知悔」，願意「修行」，見到玉帝時，則連聲高呼「萬歲！萬歲！臣今叛命，秉教沙門，再不敢欺心誑上……」，此時的孫悟空已與大鬧天宮時的形象決裂，變成「一個處處遵循封建倫理的，持護封建的統治秩序的悟空了」。當孫悟空在取經路上看到那些從神佛那裡造反出來的青牛、玉兔，或是自在為王的紅孩兒、牛魔王等「觸動封建地主統治秩序的『妖魔』」，他都想將之馴伏，歸於統治者之下，這時的孫悟空「已成了封建統治階級的護法與打手」。在《西遊記》中，吳承恩對於大鬧天宮時的孫悟空是斥罵詛咒的，如「欺天誑上名聲壞」、「惡貫滿盈身受困」等等；當在西天取經的章節中，吳承恩才筆墨生情地歌頌孫悟空，「因此，我們可以說，《西遊記》中，吳承恩精心塑造和熱情歌頌了以孫悟空為代表的一群向封建統治者『悔過自新』、『改邪歸正』的藝術形象」。

接著，劉遠達分析了吳承恩生活的時代及其對生活的態度，他指出吳承恩生活在陽明「心學」風靡的時代，而「心學」的著眼點是

---

[27]　劉遠達：〈試論《西遊記》的思想傾向〉，《思想戰線》（1982年 1期），頁27～32。以下引述劉遠達的觀點均見此，不另加註。

在於「撲滅勞動人民的反抗意識」，「以『致良知』來作爲消融人民反抗意識的熔爐」；另一方面，吳承恩雖目睹當時社會經濟腐敗，自己又懷才不遇，但他對於統治階級基本上還是擁護的，從〈二郎搜山圖歌〉罵農民起義是「後來群魔出孔竅，白晝搏人繁聚嘯」，可知他不贊成農民起義，並且還希望能「上務經國，下求寧民」，但吳承恩一生並未受到統治階級的重用，所以只好藉文藝表達自己的政治主張。由於吳承恩的思想與王守仁有相當大的一致性，所以《西遊記》也就與「心學」結下不解之緣，它是「吳承恩藉神魔世界來描寫當時的「人間變異」的作品」，「爲起義農民樹立了一個『改邪歸正的榜樣』」。

再者，劉遠達又指出孫悟空大鬧三界的動因在於「難以滿足的欲念」，而西天路上的各種妖精或是對唐僧等人的「私欲考驗」，「或者乾脆是私欲的化身」，所以「小說《西遊記》描寫的取經過程，實際上就是一部用心學克去私欲的一個修心過程」。

在經過以上的分析後，劉遠達對小說的主題提出了這樣的總結——孫悟空是作者爲「犯上作亂」的起義農民所樹立的一個「修心」的形象，「《西遊記》是藝術化的『心學』，是『破心中賊』的政治小說」，「同心學一樣，都是對付農民起義的『軟刀子』」，並因此認爲《西遊記》不管在思想內容或藝術成就上，都「都很難說是我國優秀的古典小說之一」。

劉遠達對於《西遊記》的主題看法，一般被簡稱爲「破心中賊說」。劉說提出之後，同年便有〈《西遊記》不是「破心中賊」的「政治小說」〉、〈也談《西遊記》中孫悟空的形象〉兩篇文章提出不同的意見。

　　〈《西遊記》不是「破心中賊」的「政治小說」〉[28]一文認為劉遠達對《西遊記》的看法是過於簡化武斷而缺乏說服力的。它指出大鬧天宮的性質與農民起義不同，而孫悟空也非農民起義英雄，故說孫悟空「為起義農民樹立了一個改邪歸正的榜樣」是談不上的，說《西遊記》是「『破心中賊』的政治小說」也是不符作者的原意。至於說吳承恩思想與王守仁有著「很大的一致性」，說「《西遊記》與心學結下不解之緣」，也是不正確的，因為《西遊記》所反映的思想傾向與心學的唯心主義說教是不同的。

　　〈也談《西遊記》中孫悟空的形象〉[29]則指出孫悟空一直都表現出頂天立地，無所畏懼的英雄氣慨，若要說大鬧天宮與西天取經的孫悟空有所不同，「那只是他反抗與打擊的重點對象不同」，「無論孫悟空與神佛抗爭還是與妖魔抗爭，都同樣具有進步意義，都不影響孫悟空前後思想性格的一致性」。至於孫悟空的皈依佛教，雖對他的叛逆形象有所損害，但宗教與封建勢力並不能完全劃上等號，而孫悟空在皈依後，仍常以過去大鬧天宮自豪，對於神佛也常嘲笑譴責，所以說孫悟空向封建統治勢力投降也是不正確的。劉氏接著指出孫悟空是「一個歷史上被人民群眾高度理想化了的英雄」，並不是一個農民起義者，所以劉遠達說孫悟空「為起義農民樹立了一個改邪歸正的榜樣」自然難以成立。

六　丁黎：一部鎮壓和瓦解人民反抗之「經」

---

[28]　雲大中文系古典文學研究會討論綜述：〈《西遊記》不是「破心中賊」的「政治小說」〉，《思想戰線》（1982年4期），頁30～32。以下引述觀點均見此，不另加註。

[29]　劉士昀：〈也談《西遊記》中孫悟空的形象〉，《思想戰線》（1982年5期），頁65～71。以下引述劉士昀觀點均見此，不另加註。

丁黎對《西遊記》主題的看法，主要見於一九八二年《學術月刊》第九期所發表的〈從神魔關係論《西遊記》的主題思想〉[30]一文。

在文中，丁黎指出神魔關係及其鬥爭是貫穿《西遊記》的始終、體現作者創作意圖的主線，所以也應從此二方面來分析，揭示《西遊記》的真正意圖與思想傾向。

首先，丁黎指出神魔關係「是統治者與被統治者的關係」。他將《西遊記》裡的神話形象分為「兩個不同的社會集團，即神界和魔界」，神界主要是由玉帝、如來等為代表的神佛組織成的，這個神佛集團裡有著不可侵犯的天條與等級制度，形成一個自上而下的統治網，維護著神界威權，「神界的組合和分工，具有國家機器和政權組織的一切特點和屬性，在整個神魔世界中居於統治和支配的地位」；魔界的組成大體則來自三方面，一是狐兔虎狼成精，如黑風山的黑熊精、琵琶洞的蠍子精等等，這種類型的妖魔占了《西遊記》中妖魔比例的一大半，「按照《西遊記》中的神話概念，狐兔野狼是低賤的種類……他們是神話世界中的『賤民』」，「這種妖魔成份，顯然帶有封建社會處於最低層的人民群眾的形象特徵」；魔界的第二種成份則神佛的佣人或坐騎，如替老君看守丹爐的童子、文殊菩薩的坐騎青毛獅子等等，他們並非是神佛集團的成員，跟神佛間是「奴隸和主人的關係」，所以一有可趁之機，便偷跑下凡，與天上或人間的統治者作對，此類妖魔約占《西遊記》妖魔比例的三分之一。魔界的第三種成份則是犯罪遭貶的天神，如豬八戒、黃袍怪等等，他們從「神」墮落成「魔」，「正是封建統治階級內部矛盾衝突和分化的表現」，此類妖魔只是《西遊記》妖魔的小部份。從這樣的組合成份來看，這正是

---

[30] 丁黎：〈從神魔關係論《西遊記》的主題思想〉，《學術月刊》（1982年9期），頁52～60。以下引述丁黎的觀點均見此，不另加註。

「封建社會的農民戰爭隊伍的組成情況在神話世界中的反映」。

　　按上述的思路，神魔鬥爭在丁黎的解讀下，自然而然就成了「統治階級和被統治階級的對抗」。丁黎指出《西遊記》的主線就是神魔鬥爭，大鬧天宮是猴精首領孫悟空跟以玉皇為代表神界的鬥爭，西天取經則是取經隊伍、支持取經的神佛和妖魔的鬥爭，而這些鬥爭都「帶有階級對抗的性質」，西遊路上的妖魔並非如他人所說的是「封建惡勢力」，倒比較像是反抗封建統治的農民，而《西遊記》裡對於妖魔為非作歹的荒誕描寫，「正如污衊農民起義殺人放火，燒殺搶掠一樣，是封建統治階級對人民反抗的惡毒毀謗，或者充其量是農民戰爭中難免出現的一些破壞性行為被封建統治者無限誇大和歪曲後，在文學作品中的反映」。

　　在分析完神魔關係與神魔鬥後，丁氏指出孫悟空形象的典型意義，他認為在大鬧天宮時，孫悟空是一個「叛逆英雄」，但當他失敗被壓在五行山五百年後，終於投降皈依，保唐僧西天取經，降妖伏魔，最後成了正果。丁氏認為孫悟空「由魔到神的轉變，實質上就是從叛逆英雄蛻變為統治階級的幫兇與打手」，「孫悟空的改造成功，正是《西遊記》主題的完成和作者的成功」。

　　經過以上的分析，丁氏對於《西遊記》的主題作出了這樣的結論：「《西遊記》是一部鎮壓和瓦解人民反抗之『經』」。

　　在丁黎提出以上的看法後，周中明與王齊州則撰文提出不同的意見。

　　周中明在〈關於《西遊記》的主題思想〉[31]中提出不同的意見。他指出《西遊記》是一部神話小說，而神話「並不是現實科學的反映」，所以將《西遊記》中的神魔強分為統治者與被統治者兩種截然

---

[31]　周中明：〈關於《西遊記》的主題思想〉，《學術月刊》（1983年2期），頁51～55。以下引述周中明的觀點均見此，不另加註。

不同的社會集團是不正確的。接著，周中明繼續指出「神魔間有狼狽為奸的一面，也有矛盾鬥爭的一面」，即使其中有「反映統治階級與被統治階級根本對抗成分，那也不是《西遊記》所要表現的主題」。再者，周中明認為將大鬧天宮當成「農民起義」或是看作「被統治階級造統治階級的反」，都是不正確的看法，他認為孫悟空與天宮的鬥爭起源於玉帝輕賢的態度，故大鬧天宮是「統治階級內部的權利再分配的問題」的鬥爭，孫悟空的形象應是「統治階級的開明之士」，西天取經上的斬妖伏魔，「不過是把鬥爭的目標與策略，由直接反皇帝、爭取自己做皇帝，改變違反君昏臣奸，直接向皇帝下的奸臣、酷吏、贓官作鬥爭罷了」。最後周氏指出《西遊記》乃是「封建社會宗教批判和政治批判的英雄史詩」。

王齊州在〈孫悟空與神魔世界〉[32]中，指出丁黎將神佛與其童僕、坐騎的關係當作是「奴隸和主人的關係」，是「一種誤解」，因為那些坐騎與童僕和神佛間是密不可分的，他們從來沒「公開聲明背叛自己的主人」，也沒「亮出反抗整個神佛的旗幟」，「如果因為他們是神佛的屬下，就斷言他們是被統治者，那恐怕除了玉皇大帝和如來佛祖外，都要成為被統治者了」。

七　傅繼俊：反動說

傅繼俊在〈我對《西遊記》的一些看法〉[33]一文中，提出《西遊記》的主題是「反動的」，是「為統治階級服務的」。

---

[32] 王齊州：〈孫悟空與神魔世界〉，《學術月刊》（1984年7期），頁72～79。以下引述王齊州的觀點均見此，不另加註。

[33] 傅繼俊：〈我對《西遊記》的一些看法〉，《文史哲》（1982年5期），頁65～70。以下引述傅繼俊的觀點均見此，不另加註。

　　文章一開始，傅氏指出「自從進入階級社會、人類就分爲剝削階級和被剝削階級，統治階級和被統治階級，而文學作品則是這兩個敵對階級錯綜複雜的矛盾和鬥爭的一種反映」。在確定這樣的前提之後，傅繼俊認爲《西遊記》中的玉帝、如來是「統治階級的化身和托影」，而受他們所統治、或反抗他們的，就是「被統治階級中造反者的形象」。

　　接著，傅氏指出《西遊記》中人物的活動與矛盾鬥爭都是以孫悟空爲主線展開的，「作者通過對孫悟空的的塑造和描寫，寄寓了全書的主題思想」，《西遊記》孫悟空的大鬧天宮，只是全書進行的一個鋪墊，不能以此一情節概括全書，他認爲寫孫悟空「前面的造反，正是爲他後來的『皈依』服務的」，《西遊記》並沒有塑造人民理想的造反英雄、也沒歌頌對統治階級的鬥爭，而是讚美投降變節的叛徒，它是一部「爲封建統治階級服務的的典型作品」。

　　再者，傅氏認爲「取經」是「統治者爲鞏固自己的封建統治而進行的一個罪惡勾當」，「取經與反取經就成了統治者和被統治者之間矛盾和鬥爭的焦點」。在妖魔的形象分析上，他認爲《西遊記》中的妖怪大多「出身卑微」，被「統治者役使，鄙視，地位低下，生計無著落」，而這正是「被壓迫階級的寫照」，此外，他們都「反對天庭，反對取經」，這實際上就是「被統治階級向統治階級造反的集中體現」，至於書中說妖怪「吃人」、「作惡」，只不過是些污衊之詞罷了。

　　傅繼俊對《西遊記》主題的看法，在大陸學界被簡稱爲「反動說」。

第三節　八〇年代至九〇年代中《西遊記》的主題接受

　　筆者在上一節中，曾經論及劉遠達、傅繼俊、丁黎三人對《西遊記》主題的看法，總的來說，此三人是將《西遊記》看成一部「反動的」小說，他們這樣的見解，引起了許多研究者的重視，進而開始對《西遊記》的研究方法做了反省。

　　一九八二年年底，何滿子發表了一篇〈把藝術從社會學的框子裡解放出來──談神魔小說《西遊記》的社會內容〉[34]，文中指出探討作品的社會內容時，不能千篇一律地用幾條階級鬥爭條文去分析複雜微妙的藝術現象，也不能將小說中的人物劃分成分，納入階級鬥爭如此如彼的框框，「硬派他們擔任評論家心造的體現『歷史任務』的角色」；《西遊記》大鬧天宮要說有社會內容，「不過是一幅歷史的諧謔圖」，至於西天取經路上的妖魔故事，有許多顯然是對現實生活的諷喻，從小說形象整體看來，「這些對現實中醜惡現象的揭露，只是吳承恩信手拈來，涉筆成趣的點染」。一九八三年，何滿子又寫了一篇〈《西遊記》研究的不協合音〉[35]，指出把藝術形象與階級鬥爭的概念一一指實，雖然直接痛快，但只能達到簡單化的結果，這正是庸俗社會學的特徵，藝術形象經過作家複雜的思維作用改造過，藝術與生活的關係是複雜的，「階級社會中的藝術不免要從這個角度或那個

---

[34] 何滿子：〈把藝術從社會學的框子裡解放出來──談神魔小說《西遊記》的社會內容〉，《社會科學》（1982年第11期），頁56～58。以下引述何滿子的觀點均見此，不另加註。

[35] 何滿子：〈《西遊記》研究的不協合音〉，《江海學刊》（1983年第1期），頁42～46。以下引述何滿子的觀點均見此，不另加註。

角度反映出階級鬥爭的內容，但並不一定（肯定不是）按照社會的概念所指示的路線反映出來的」；吳承恩並未蓄意用小說來宣揚壓迫人民反抗封建統治，他對現實只是玩世式的反抗，孫悟空也不是什麼反抗封建統治階級的代表。

　　除了何滿子外，寇養厚也在一九八三年發表了〈《西遊記》的文心之微與研究方法〉[36]，他指出《西遊記》是一部神魔小說，作者在創作時經過了典型化與抽象化兩步工作，所以其中的社會矛盾在現於作品中時，「就不一定是根據這個具體矛盾的一定條件而構成與發展的」，人物性格也「就不一定是根據具體的階級特徵的一定條件而構成與發展的」，《西遊記》的人物與鬥爭「只具有神話世界的合理性，而不具有現實社會的合理性」。接著，寇養厚援引魯迅的話，指出《西遊記》諷刺的「世態」，是一種「社會象」，是包括整個社會的。再者，寇氏認為吳承恩在塑造孫悟空形象時，是從《西遊記》的合理性與需要來考慮的，並非為了要「比喻社會現實中的某個階級或階層的人物而專意經營的」。

　　綜觀何、寇二人所述，可知他們認為不該再用庸俗的社會學來研究《西遊記》，將小說內容等同於現實社會中的階級鬥爭，將書中人物區分階級，而必須體認到文學作品與生活現實之間有著複雜關係，並非是單純的對應。

　　一九八五年，大陸的文學研究出現了方法論的熱潮，當時的

---

[36]　寇養厚：〈《西遊記》的文心之微與研究方法〉，《廣西師範學院學報》（1983年4期），頁22〜26。以下引述寇養厚的觀點均見此，不另加註。

文學理論界召開了三次以討論方法論爲中心的大型學術研討會[37]，一九八七年時，這樣熱潮傳至古典文學研究界，許多研究者開始利用心理學、文化學、民俗學、比較文學等方法來研究古典文學，但由於對新方法的一知半解，所以常會有生搬硬套的情形出現，一九九〇以後，研究者對於新方法的運用則逐漸成熟，研究出的成果則較爲深入[38]。

由於何滿子、寇養厚對《西遊記》研究方法的反省，加上各種新方法的流行與應用，大略來說，本階段對《西遊記》主題的接受角度是多元的，各種性質的主題說都有。

本節探討的《西遊記》主題說，計有：金紫千、王齊洲、王燕萍、曾廣文、姜云、張錦池、吳聖昔、呂晴飛、諸葛志、劉勇強、田同旭、李安綱等數家。

一　金紫千：人生哲理說

金紫千對《西遊記》主題的看法，主要見於〈也談《西遊記》的主題〉[39]一文。

金文一開始，便說明他對《西遊記》主題的看法是受到魯迅的啓發，並認爲魯迅同意以下這樣的看法——「孫悟空是人的精神的

---

[37] 一是3月時由《文學評論》編輯部等單位在廈門所舉辦的「全國評論文學方法研討會」，二是 4月時由中國社科院文學研究所於揚州所召開的「文藝學與方法論問題學術討論會」，三是 10月時中國藝術研究院外國藝術研究所等單位在武漢所舉行的「文藝學方法論學術討論會」。

[38] 見趙敏俐、楊樹增：《二十世紀中國古典文學研究史》（西安市：陝西人民教育出版社，1997年8月），頁150。

[39] 金紫千：〈也談《西遊記》的主題〉，《文史哲》（1984年2期），頁62～66。以下引述金紫千的觀點均見此，不另加註。

一種化身，它一開始無拘無束，放任自流；後來納入正軌，才得終成正果。《西遊記》是在通過神話故事形象地喻明一個「求放心」的道理」。

接著，金紫千將孫悟空的經歷分為三個時期，一一分析。他指出第一回到第六回是孫悟空人生之曲的第一部：追求；這時期的孫悟空追求的是「一種無限制的幸福，一種絕對的自由」，算是大大的「放心」。第七回鬧天宮被如來收伏，壓於五行山之下，這是悟空人生之曲的第二部：挫折。第七回之後，悟空皈依神佛，隨唐僧取經，一路上行善除惡，最後終成正果，這是悟空人生之曲的第三部：成功。金氏認為「孫悟空的歷史，是一條完整的人生道路，是一部很典型的精神發展史，從這個角度來看，《西遊記》可說是中國的《浮士德》」。

再者，金氏指出「成功的文學作品都是表現人生的，《西遊記》也不例外」，而「《西遊記》故事顯然在告訴人們這樣一個哲理：人的思想只有歸於正道，才能達到理想的目標」，這裡所謂的「正道」，指的是客觀的規律，並非是封建秩序，吳承恩想表現的是自己對人生的看法。

經由以上分析後，金氏對《西遊記》的主題做了這樣的論述：從政治角度觀之，大鬧天宮與西天取經的確是「兩個主題，二者不僅前後矛盾，而且截然相反」，「但如從人生角度觀之，兩個問題卻成為一個問題：一個曲折的人生道路，一個精神發展的曲折過程」。

金紫千對《西遊記》主題的看法，在大陸學界被簡稱為「人生哲理說」。

二　王齊洲：肯定正統的正義

　　王齊州對《西遊記》主題的看法，主要見於〈孫悟空與神魔世界〉[40]一文。

　　王文主要是透過對神魔問題的分析，來評價孫悟空與認識《西遊記》的主題的。在分析神魔問題前，王齊州先確立了以下兩個前提：一是「把《西遊記》作為一部有著整體藝術構思並體現著吳承恩的『思想與靈魂』的長篇小說來理解」，二是「由於作者頗為自覺地把自己對社會的某些認識和理解融入對神魔形象的描寫之中的緣故，因此，我們應該承認此小說中的神魔有象徵意義，或者說有寓意」。

　　在確立了這樣的前提後，王齊州指出《西遊記》中的妖魔絕大多數來自天界，它們有的是犯錯被貶下凡的，如八戒、沙僧等；有的是私自偷跑下凡的，如黃袍怪、玉兔等；有的是神佛所派遣的，如金角銀角、烏鴉國全真道人等。當他們被降服後，則都被神佛重新帶回天界。神魔間並非壁壘分明，而是可互相轉化的。「上界為神，下界為魔」，「神佛與妖魔的聯繫是普遍的，密切的，作者是有意識有目的地安排的，絕非偶一為之」。

　　再者，王齊州討論了孫悟空與神魔關係，因為孫悟空前期曾做過妖魔與神佛戰鬥，而後又皈依神佛與妖魔鬥爭，是理解神魔問題的關鍵人物。他先指出孫悟空與神佛間的矛盾主要表現在前七回裡。他認為孫悟空本身並沒有太多勞動農民的特點，而大鬧天宮的起因是在於「玉帝輕賢」，所以「從作品的實際描寫來看，大鬧天宮並沒有體現封建社會農民階級與地主階級之間的矛盾，反映出農民戰爭的特點，而主要反映的是統治階級內部全力再分配的矛盾，表現作者用人唯賢與此一理想不得實現的內心苦悶」。接著，他指出孫悟空與妖魔間的

---

[40] 王齊州：〈孫悟空與神魔世界〉，《學術月刊》（1984年7期），頁72～79。以下引述王齊州的觀點均見此，不另加註。

矛盾主要是圍繞著取經所進行的。他認為取經「是一種直接為封建統治服務的政治行動，是一種需要艱苦奮鬥才能完成的社會理想，它不是屬於人民的，而是屬於統治者的」，但它所追求的是國泰民安的清明政治，故「這種理想的追求，在封建時代無疑是具有進步意義的，多少反映出人民的要求與願望」，孫悟空的皈依神佛與保護唐僧取經是一種新的追求，並非投降叛變。這種安排，反映出作者內心的矛盾：「改良社會政治的鬥爭只能在維護正統封建秩序的前提下進行，又必須依靠雖不為正統勢力重視但又卻有真本事的『豪傑之士』」，孫悟空的皈依只是「標誌著他的正統思想加強和鬥爭策略的改變，即把主要對上的鬥爭改為由下往上的鬥爭而已，目的仍然是為了實現其聖君賢臣政治清明的社會理想」。雖說取經是為封建統治服務的政治行動，但仍不能將妖魔阻礙取經視為「代表人民反抗封建統治」，原因在於一方面取經「部分反映了人民的願望」，二方面妖魔破壞取經多為個人目的，三方面他們也給人間百姓帶來許多災難。「既然妖魔不能代表人民，取經也不是人民的事業，那麼孫悟空與妖魔間的矛盾同樣反映不了兩個階級的鬥爭，而是統治階級內部兩種政治力量的鬥爭」。

在經過以上的論述後，王齊州對神魔問題作了整體的分析，他指出《西遊記》是神話題材的小說，對於神魔應該從基本本質上來把握，因為如同毛澤東所說的——「神話……中矛盾構成的諸方面，並不是具體的同一性，只是幻想的同一性」，神佛是政治統治與思想統治的中心，人間國較像是「明朝的藩王領地或貴族莊園」，妖魔則代表「接觸平民百姓的封建社會的中下層官吏和各地方勢力」。「『大鬧天宮』是魔對神的抗爭，神佛無疑是屬於『正統』的力量，但作者的同情卻在『非正統』而代表『正義』的孫悟空一邊」，但由於作者的侷限，限制了孫悟空的鬥爭，不讓他推翻整個封建統治，大鬧天宮

以安天大會作結，正是作者的思想反映。到了西天取經時，正統與正
義則結合，作者則給予孫悟空毫不保留的歌頌。

最後，王齊州對《西遊記》的主題做出這樣的結論：

> 《西遊記》既不盲目的維護正統，也不一般地歌頌正義，它所
> 充分肯定的是那種屬於正統的正義，追求正統與正義的統一。

三　王燕萍：歌頌戰鬥精神和積極進取的樂觀主義

王燕萍對《西遊記》的看法主要見於〈試論《西遊記》的主題思
想〉[41]。在此文中，王氏對李希凡〈《西遊記》與社會現實〉一文中
所提的問題作出回應[42]，並提出對《西遊記》主題的看法。

王燕萍在文章的一開頭，便確立三個前提：第一《西遊記》是
神魔小說，具有「義利邪正善惡是非真妄諸端，皆混而又析之」的特
點，並不是「社會現實的簡單翻版」，其中光輝的藝術形象也非「簡
單的階級概念化身」，它「寫的是光明與黑暗、正義與邪惡、善良與
凶殘的矛盾鬥爭」，而神魔間的界限難以劃清，所以將《西遊記》解
讀成階級間的鬥爭是不符作品內容的。第二是從《西遊記》作者吳承

---

[41] 王燕萍：〈試論《西遊記》的主題思想〉，《廣西師範大學學報》（1985年1
期），頁28～34。以下引述王燕萍的觀點均見此，不另加註。

[42] 李希凡：〈《西遊記》與社會現實〉，《江海學刊》（1983年1期），頁47～
51。由於1978年以後，學界對於《西遊記》主題的看法皆趨於「一個」主題，對
於李希凡所主的「主題轉化說」多所批評，所以李希凡便寫了這篇文章，一方面重
申「主題轉化說」的合理性，一方面提出問題就教於主題統一說的學者。李希凡所
提的問題一是大鬧天宮與西天取經是「兩截子」，沒有內在關聯，藝術情節矛盾而
造成性質不同；一是孫悟空性格的前後變化，要如何作統一的解釋。

恩的生平與創作來看，「《西遊記》不是一部勸學、談禪之書，也不是一部政治小說。而如魯迅所言，是一部『取當時世態，加以鋪張描寫』的揶揄諷刺之作」。第三則是「不應把作品產生的客觀社會意義與主題思想混為一談」。接下來，王燕萍便在這樣的前提下來回應李希凡所提出的問題。

在大鬧天宮與西天取經沒有內在關聯這個問題上，他認為「它們的獨立性或許只表現在結構上，但它們的整體性卻貫串全書各方面」。從人物形象塑造來看，「大鬧天宮故事是為孫悟空亮相，突出其神通廣大，表現其藐視權威，歌頌其反抗鬥爭，它作為取經故事的前奏，確定全書的基調」，《西遊記》顧名思義其中心在於西行取經，由此可知，大鬧天宮與西天取經並不存在並列關係，也非對立，而是互相依存、不可分割卻又有主次之分的整體」。從故事情節發展來看，「如果沒有前面孫悟空的學道、鬧龍宮、鬧天宮等情節，也就沒有後面取經途中孫悟空降妖除魔的勝利」。從作品藝術結構來看，在元代時，大鬧天宮的情節已有雛型，吳承恩將其集中移置到《西遊記》的開頭，是為了敘述方便，從大鬧天宮失敗後轉至西行取經，「這是作者採用了原有取經故事的間架，也是故事情節發展的需要」，這只是情節的「轉折」而非主題的「轉化」。從作品表現手法來看，「《西遊記》是一部人神交織，幻想超越現實的傑作」，大鬧天宮較表現出孫悟空「神」的一面，西遊取經較表現出其「人」的一面，二者交融，「從而使孫悟空這一形象更富有現實意義」。在正邪、善惡的問題上，大鬧天宮時，孫悟空是「作為正義勢力的化身而被作者極力歌頌讚揚的」，神佛則是「邪惡勢力的象徵」；而西天取經時，由於取經在《西遊記》中被當作是一項光明、正義的事業，所以支持取經的就變成了正義的化身，反取經的就是邪惡象徵，這時的孫悟空仍是正義化身，而神佛就由之前代表邪惡轉為代表正義。

在孫悟空前後性格不一致的問題上。他指出孫悟空的英雄氣慨、叛逆性格和鬥爭精神等等，在《西遊記》前七回、後八十七回都是前後一貫、基本一致的，「如果說前七回孫悟空的性格是伴隨情節發展而展開，逐漸豐滿化，那麼後八十七回則是從各個可獨立成篇的故事中，一次一次地得到反覆渲染與加強」。至於孫悟空的「皈依」只是「故事情節發展的需要」，是爲了將大鬧天宮與西天取經連接起來的轉折，是「原來取經故事的間架」，西天取經時的孫悟空，其叛逆性格仍處處可見。

文末，王氏再次重申他對孫悟空的看法:孫悟空的性格是統一的，大鬧天宮是孫悟空的「英雄譜」，西天取經是「創業史」，兩者互相依存且相得益彰，而小說的主題也只有一個:

> 就是通過大鬧天宮、西天取經等情節，表現孫悟空對傳統勢力的鬥爭，熱情歌頌孫悟空反抗壓迫與束縛、追求自由、不畏艱難、頑強勇敢的戰鬥精神和積極進取的樂觀主義精神。

四　曾廣文：歌頌讚揚孫悟空說

曾廣文對《西遊記》主題的看法，見於〈世間豈謂無英雄 ——《西遊記》的主題思想新探〉[43]一文。他認爲《西遊記》的主題是在歌頌讚揚孫悟空這個英雄人物的，更準確地說，是歌頌讚揚「爲自己、爲同胞和同類的自由解放和幸福而執著不懈的獻身精神以及由此

---

[43] 曾廣文:〈世間豈謂無英雄 ——《西遊記》的主題思想新探〉，《成都大學學報》（1985年3期），頁42～48。以下引述曾廣文的觀點均見此，不另加註。

而產生出來的戰天鬥地的巨大能力和種種優良品格」。

　　曾廣文對《西遊記》主題的理解，主要是從作者與作品兩方面的分析得來的。文章開始，曾廣文首先對《西遊記》的作者進行了分析，因為「作者的稟賦及其對社會生活實踐的認識、態度，對作者同題材契合的分析」是理解《西遊記》主題不可缺少的。曾廣文閱讀了有關吳承恩的文獻，並歸結出這樣的結論：吳承恩少即頗有才名，但時運不濟，故潦倒終身，當時社會黑暗，生民塗炭，所以他希望有「英雄」出現，能清除世間種種的罪惡；曾廣文接著指出，從作者與題材的契合中，也可以看出塑造世間英雄的主觀願望，因為從之前的西遊故事到後來的《西遊記》，孫悟空形象大大不同，由平凡成為超凡，由妖魔世家出身變成「仙根」等等，這都可以看出吳承恩是把孫悟空當作英雄形象來塑造與歌頌的。

　　在分析完作者後，曾廣文接著小說文本進行分析，因為作者的意圖只能為作品的主題思想提供線索，「作品的主題思想還是要從對作品的分析研究中得來的」。他指出，小說前七回就定下了這樣的基調──「歌頌孫悟空、美化孫悟空」，這不但表現在孫悟空的稱謂如「美猴王」、「齊天大聖」與孫悟空出生地的優美上，更重要還在於作者將孫悟空當作人來刻劃，賦予他人的品格，使之產生審美價值。孫悟空的品格最主要表現在「對自由平等的嚮往與追求」、「追求至善，為同類的解放幸福而獻身的執著精神」，而他這些品格是前後一貫的。

　　在文中，曾廣文也對一九四九年以來的《西遊記》諸種主題說做了批評，如對於張天翼的「主題矛盾說」，他認為將孫悟空當成農民起義的領袖是不正確的，以此來研究《西遊記》，是走進了「死胡同」，因為「孫悟空與天宮乃是屬於發展階段各不相同社會的成員，雙方無統治與被統治的關係」，「從實質上看，雙方對壘的性質應當

說是具有不同生活方式和意識型態的兩種不同性質的社會發生的衝
突」；對於「安天醫國說」、「歌頌新興市民說」、「歌頌反抗、光
明和正義」……等說法，他認爲一般說來在一定的程度和意義上是符
合作品精神的。

五　姜云：《西遊記》是一部以象徵主義為主要特色的作品

姜云對《西遊記》主題的看法，主要見於〈《西遊記》：一部以
象徵主義爲主要特色的作品〉[44]一文。

首先，姜云把《西遊記》界定爲「寓言小說」，「是一種象徵主
義的作品」，而此類作品中的具體形象只是表層假象，它要表現的眞
正內容是其所蘊含的象徵意義。

在確立了這樣的前提之後，姜云接著分析《西遊記》的具體形
象的象徵意義，他指出孫悟空包含多種的象徵性——「就其鬥爭目標
而言，可說他是追求自由、平等理想的化身；就其嫉惡如仇、除惡務
盡的堅決態度而言，可說他是正義的化身，……」；唐僧「是類似
東郭先生那樣的象徵性形象」；豬八戒是「貪圖小便宜吃大虧者的化
身」；沙僧是「一個『晦氣』的受難者渴望擺脫苦難，到達光明、幸
福彼岸的象徵人物」；取經途上的妖魔也都具有象徵性，有些妖魔
是「凶險大自然壞力量的化身」，有些則是「現實中邪惡勢力的化
身」。

在通過上述分析之後，姜云對《西遊記》的主題作了這樣的概括：

---

[44]　姜云：〈《西遊記》：一部以象徵主義爲主要特色的作品〉，《文學遺產》（1986
年6期），頁85～91。以下引述姜云的觀點均見此，不另加註。

在追求自由、平等理想的漫長路途上，只要勇敢頑強、百折不撓、排除萬難、就能夠到達光明的彼岸，用《西遊記》中幾次暗示的話來說，就叫「功到自然成」。這是作者探索人生道路後作出的哲理性概括，是作者理想、信念的反映。

六　張錦池：人才觀的問題

　　張錦池對於《西遊記》主題的看法，主要見於〈論孫悟空形象的演化與《西遊記》的主題〉[45]一文。

　　文章開頭，張錦池指出在文學史上，情節相類的題材往往可以表達不同的主題所以「要認識《西遊記》的主題思想，最好把它與其他同類題材作品作些比較研究」，而《西遊記》的思想光輝、作者的審美觀念與社會理想主要都表現在孫悟空身上，所以考察宋元以來孫悟空形象的演變，是對《西遊記》的主題作出結論前所應作的功夫。

　　在確立這樣的研究方法後，張錦池則考察了孫悟空的來歷、大鬧天宮的原因、西行途中對神佛的態度與悟空在取經過程的作用等問題。

　　第一，在孫悟空來歷這個問題上，張錦池認為傳統取經故事將孫悟空的來歷寫成「老猴精」，而《西遊記》裡將之寫成「天產石猴」，「這是塑造宗教故事中的妖魔和神話故事中的英雄兩種形象的發軔點，因而也就於落墨之初各自暗中規定了形象的思想內涵與審美性質」。

　　第二，在大鬧天宮的原因方面，張錦池指出傳統取經故事將大鬧

---

[45]　張錦池：〈論孫悟空形象的演化與《西遊記》的主題〉，《學術交流》（1987年 5 期），頁 87～93。以下引述張錦池的觀點均見此，不另加註。

天宮的原因寫成「戀物盜物而觸犯天條」，《西遊記》中則將之寫成「對天條抱不平之恨而任性驅物」，「實際上這是對人物靈魂善惡的眞寫照，也是區分宗教故事中的惡魔和神話故事中的反叛英雄兩種性靈的試金石」。

第三，在西行途中對神佛的態度的問題上，張氏指出《西遊記》之前的取經故事寫孫悟空在西行路上對神佛「唯唯諾諾」，而《西遊記》裡則是「喜笑悲歌氣傲然」，「實際上這不僅是皈依者和離經者兩種孫悟空形象，而是藉取經故事以弘揚佛學與以表世態人間兩類性質作品的分水嶺」。

第四，在悟空在取經過程的作用方面，張氏認爲傳統取經故事裡，取經的成功是靠著「仙佛的法寶」，到了《西遊記》則是多靠孫悟空的金箍棒，「實際上這不僅是個借取經故事以弘揚佛學，還是借神魔以寫人間的問題，而且也是個象徵性地把掃蕩社會邪惡勢力的希望寄托在誰的身上的問題，是種作爲社會觀之綜合而集中反映人才觀的問題」。

在考察了上述幾個問題後，張氏指出：「《西遊記》雜劇等是旨在借取經故事以弘揚佛學，或闡三教一家之理，傳性命雙修之道。它們頌揚的是神佛，否定的是妖魔，肯定的是孫悟空的『改邪歸正』」，「《西遊記》是旨在借取經故事以寫群魔亂舞的世態，並從而探求著橫掃社會妖氣的主人。它否定的是妖魔，揶揄的是神佛，頌揚的是孫悟空的『異端』思想與戰鬥精神」。兩相比較，《西遊記》鮮明地反映了一個「人才觀」的核心問題，而這樣的「人才觀」是與李贄《焚書》中某些觀念類似的。

最後，張錦池對《西遊記》的主題提出了這樣的看法：

《西遊記》作爲孫悟空的英雄傳奇，是一部借神魔以寫人間，

在幻想中求索治國安邦之人的文學巨著。它所提出的核心問題，是作爲社會觀之綜合而集中反映的人才觀問題。

七 吳聖昔：一曲富有哲理意味的理想之歌

吳聖昔對《西遊記》主題的看法，主要見於〈談《西遊記》主題的基本性質〉[46]、〈單一性、哲理性、積極性〉[47]及《西遊新解》[48]。

首先，對於一九四九以來的各種《西遊記》主題說，他提出了這樣的看法：自一九四九年以來，《西遊記》的主題眾說紛紜，但總的來看，其性質大部分都是屬政治性一類的，而此類主題說的特徵在於「把《西遊記》看做是一部政治意味甚爲濃厚的小說，大都在整體上直接或間接把小說中的神怪內容，與社會階級矛盾和現實鬥爭聯繫起來進行分析；不妨說都呈現出以階級鬥爭爲綱作爲指導思想的痕跡」。也就是說，吳聖昔認爲一九四九年以來大部分的研究者都是以社會現實階級鬥爭的框框去看《西遊記》的，所以得出的看法當然都是屬於政治性質的，吳氏的此種見解是相當精闢的。

那麼《西遊記》的主題到底是什麼？首先，吳聖昔指出《西遊記》的主題是單一性的，也就是說《西遊記》的主題是一個而不是兩個，原因在於「這部名著的藝術結構是完整的」，《西遊記》的中心

---

[46] 方勝：〈談《西遊記》主題的基本性質〉，《光明日報》1986年10月21日。方勝爲吳聖昔之筆名。

[47] 方勝：〈單一性、哲理性、積極性〉，《寧波師院學報》（1986年4期），頁51～58。方勝爲吳聖昔之筆名。

[48] 吳聖昔：《西遊新解》（北京市：中國文聯出版公司，1989年5月），以下引述吳聖昔的觀點均見此三著作，不另加註。

人物是孫悟空，前七回故事是對他出身經歷與成長的介紹，是塑造孫悟空形象所必須的；此外，孫悟空的性格是一致的，「他在大鬧天宮階段所表現的反抗天庭的精神，與他在取經路上所表現的打擊妖魔和克服險阻的精神，在本質上是一致的，這就是他那種一往無前無所畏懼的英雄氣概和百折不回奮戰不已的豪邁性格」。

接下來，他指出《西遊記》的主題應是哲理性的，他認為《西遊記》中的神魔之爭誠如魯迅所說的，……，如果能從哲理的角度看神魔之爭，那麼就可以解決政治性劃分神魔階級的許多破綻與矛盾。

再者，他指出《西遊記》的主題是積極性的，因為從哲理的角度來看，《西遊記》的豐富涵義會給「不同時代的各個階層的人民群眾以精神修養方面的幫助和啓發」，「而且是樂觀向上的」。

最後，吳聖昔作了這樣的總結：「《西遊記》是一曲富有哲理意味的理想之歌」。

綜觀吳氏意見，其對一九四九年以來主題說的批評的確切中要害，其對《西遊記》的主題看法也有著推陳出新的意義，但所謂的「理想」，其內涵究竟是什麼，並沒有明言，顯得有些模糊籠統。

八　呂晴飛：歌頌人的主觀能動作用

呂晴飛於〈《西遊記》的主題思想〉[49]一文指出，《西遊記》「寫於明末資本主義萌芽時期，不論作者自覺與否，他對個性解放的要求，對於人們為爭取自由與幸福所作的鬥爭，對於人的主觀能動作用，力量和智慧，都是熱情而大膽地作了肯定和歌頌的……，這個思

49　呂晴飛：〈《西遊記》的主題思想〉，《北京社會科學》（1990年4期），頁79～86。以下引述呂晴飛的觀點均見此，不另加註。

想貫穿在《西遊記》所塑造的主要人物形象中，也貫穿了小說的始終，所以說這是小說的主題，小說的中心思想」。

呂晴飛認爲孫悟空的形象注入了新興市民階級的血液，前七回孫悟空歷學求知、神通變化、追求個人自由，反映了「新興市民社會勢力機智聰明、奮迅進取、積極樂觀以及個人奮鬥的階級特性」；皈依後的孫悟空，降妖伏魔、解救蒼生，「自覺地擴大爭取自由和解放的目標」，先爭個人自由，後求眾生解放，並將二者統一起來，不管吳承恩是否意識到，後期孫悟空的一切作爲，「是同資產階級革命啓蒙時期，提出『自由』、『平等』……號召一切被壓迫、被剝削的人民起來推翻封建統治的做法，是完全吻合的」。

在神魔問題上，呂晴飛認爲神魔「並無根本的利害衝突」，都是「封建生產關係的維護者」，二者之間有複雜的聯繫，神明是「封建統治階級的正統勢力」，妖魔則是「封建統治階級中最腐朽、最黑暗、最殘酷、最野蠻的邪惡勢力」。

經過以上分析，對於小說的主題，呂晴飛提出這樣的看法：《西遊記》表現明中後期資本主義萌芽和個性解放思潮崛起的時代特點，其中包括「新興市民階級追求自由與解放，希圖衝破舊的生產關係束縛的鬥爭渴望」，並結合了「被壓迫、被剝削的人民要求從水深火熱中解脫出來的迫切心願」，表現出「在驅惡除暴，開闢新路的戰鬥中」，不可抗拒的力量；如果吾人將小說的主題思想由特殊概括和昇華爲一般，超脫其特殊的時代特點和階級內容，就其對人類的普遍意義而言，「那就是歌頌人的主觀能動作用，在改造客觀環境，征服自然艱險，改革社會和掃除路障中不斷前進」。

九　諸葛志：將功贖罪說

　　諸葛志對於《西遊記》主題的論述，主要見於〈《西遊記》主題思想新論〉、〈《西遊記》主題思想新論續編〉二文[50]。

　　諸葛志認爲《西遊記》是寫唐僧五眾「將功贖罪」這個主題。他指出《西遊記》以「五聖各自的罪過開場，以克服神佛妖魔所設下的種種凶難作贖罪的代價，通過五聖『犯罪——贖罪——上西天』的苦難歷程，表現出東土大唐人生作惡犯罪的方方面面和人們一但有罪惡感就自強不息地贖罪的被動入世精神」。諸葛志將五聖所犯的罪過一一指明：唐僧爲不聽說法的罪過贖罪；孫悟空爲鬧天宮的彌天大罪贖罪；豬八戒爲調戲嫦娥的流氓罪贖罪；沙和尙爲失手打破玻璃盞的罪過贖罪；小龍馬爲縱火燒了家裡的一顆明珠贖罪。

　　接著，諸葛志將唐僧五眾在西天取經路上所遇的魔難作了分析，他首先將魔難分成三類並作分析：一是神佛世界故意遣使陷害唐僧五眾的魔障，據文本交代，此類魔難如金角銀角、烏鴉國的獅子精等，都是爲作贖罪的功果而設；二是私自逃離神佛世界陷害五眾的魔障，如黃風怪、賽太歲等等，五眾每經歷一次，即算一椿功果；三是來自人物世界陷害五眾的魔障，如紅孩兒、犀牛精等等，其作爲贖罪的功果。並在分析完所有的魔難後，諸葛志歸結出這樣的結論：「這三類故事的中心的確是圍繞『將功贖罪』這個主題展開的」。

　　再者，諸葛志還指出到了《西遊記》的最後一回，如來佛對五眾爲何去取經及取經的目的作了最後的鑑定，這與第八回如來設計的取

---

[50]　諸葛志：〈《西遊記》主題思想新論〉，《浙江師大學報》（1991年2期），頁13～18。諸葛志：〈《西遊記》主題思想新論續編〉，《浙江師大學報》（1993年4期），頁54～57。以下引述諸葛志觀點見此二文，不另加註。

經方案是相照應的，「由此可見，我佛如來所造『三藏眞經』，其實就是唐僧五眾受苦受難的本身，就是唐僧五眾『將功贖罪』這本『苦難經』」。

經由以上分析，諸葛志對《西遊記》的主題作出了這樣的結論：《西遊記》是一部描寫唐僧五眾「將功贖罪」的小說，一但抓住了這個主題，分析《西遊記》即可頭頭是道。

十　劉勇強：奇特的精神漫遊

劉勇強對《西遊記》主題的看法，主要見於〈《西遊記》：奇特的精神漫遊〉與《西遊記論要》[51]。

首先，劉勇強批評了《西遊記》政治性的主題說與哲理性的主題說，他指出政治性主題「滯礙難通」，哲理性主題「會導致時代特徵的虛化」，兩者都只能做爲《西遊記》豐富內含的一個層面，「而無法涵蓋整個內容」。

那麼應該如何把握《西遊記》呢？劉勇強提出了這樣的看法——「我以爲應該首先考慮《西遊記》形象構成的特點和在小說功能方面的創新」。劉氏認爲《西遊記》形象的構成特點在於「以高度的幻想化、象徵化達到對人物的思想、情感和願望的直接表露」，《西遊記》表現的是「某種某種社會心理和精神品格」；就小說功能而言，他指出「其一，作者更主動的追求藝術的審美娛樂功能，賦予了作品一種內莊外諧，獨具特色的趣味化風格；其二，作者又極大地擴展了

---

[51] 劉勇強：〈《西遊記》：奇特的精神漫遊〉，《文史知識》（1991年4期），頁11～17。劉勇強：《西遊記論要》（臺北市：文津出版社，1991年3月），頁55～96。以下引述劉勇強觀點見此，不另加註。

小說的認識功能……以更開闊的眼光審視和描寫具有普通意義的矛盾
衝突,特別是審視和描寫人們在歷史進程中的心理和精神狀態」。

　　其次,劉勇強分析了《西遊記》產生時的文化背景,他指出明中
葉以後,文化政策逐漸鬆弛,政治思想較為自由;程朱理學的權威受
到心學的衝擊,個性解放思潮興起;文學風氣擺脫貴古賤今,詩文力
求創新,民間文藝蓬勃發展,文學思想較為通達。而以上所說的這些
「在《西遊記》都有相應的體現」。

　　再者,劉勇強分析了《西遊記》所展示的民族精神品格,他指出
「首先,它更自覺地以人物為故事情節的中心」,「所有的故事和情
節都是圍繞取經師徒設計的」;「其次,它使人物刻化進入了一個新
的層次」,作者「擷取了幾類有代表性的人物加以高度概括性的分析
和描寫,從民族性格和時代特徵兩方面,展示了我們民族所具有的精
神品格的幾種類型,表現了某種人類共同經驗和思想行為的特點,因
而具有深刻的思想文化價值和永久的藝術魅力」,「如果說在孫悟空
身上更多地沉澱了中國傳統文化和民族性格的積極因素,體現了新的
時代精神和追求,在豬八戒、唐僧身上,作者就努力發現和表現了民
族性格中的消極因素和贅疣。它表現了作者對民族素質的深刻反省,
表現了作者希望人的精神境界臻於完美的高度熱忱」。

　　最後,劉勇強對小說提出一個總的看法:《西遊記》用幻想的形
式把一個具有悠久歷史的民族在歷險克難的漫長而曲折的過程中所顯
示的精神風貌描繪出來,其中作者對於傳統文化、民族性格及對嶄新
時代的追求的積極因素和優良品質,作了展示與提煉;另一方面也諷
刺與抉剔了參雜其中的消極因素、不良品質及阻撓人類正義和光明事
業的醜類,表現出「一種進取的生活態度和精神力量」,「一種健康
的文化意識和審美理想」,而「所有這些構成了《西遊記》豐厚內容
的主導面」。

十一　周克良：明尊暗貶神、道、儒，張揚佛法無邊，中興佛教成大道

　　周克良在〈明尊暗貶神道儒，中興佛教成大道：《西遊記》主題辨析〉[52]一文中，提出《西遊記》的宗旨是「明尊暗貶神、道、儒，張揚佛法無邊，中興佛教成大道」。

　　周克良分析了前七回的文本，指出孫悟空其實是如來的徒孫，因爲他的師父菩提老祖是如來的第四弟子，孫悟空的大鬧三界是菩提老祖的鼓勵、默許，所以孫悟空是「佛教的秘密武器，他鬧龍宮、地府、天宮，是佛教爲了中興而向神道儒明火執杖的發難，如來收伏孫悟空的『安天大會』實質是佛教中興首戰告捷的慶功會」。

　　對於七回以後的分析，周克良指出「保唐僧西天取經，是佛教對佛門高徒孫悟空的重新啓用；一路戰鬥是佛教與儒、道鬥爭的繼續；得經徑回中土，是佛教的最後勝利；《西遊記》實爲佛教中興傳」。他認爲第八回是連接前後的一個樞紐，也是「《西遊記》弘揚佛法、中興佛的總綱目、總部署」，九至十二回則具體描寫了「東土中興佛的搏鬥和佛教中興勢在必行的社會態勢」，十三回至一百回孫悟空保唐僧取經與妖魔的鬥爭，實際上仍是佛與儒、道的鬥爭，「就妖魔一路講，不是修道成形的；就是與天宮神道有關的；個別與佛有關，也是受了魔道的引誘」，就取經隊伍而言，唐僧可說是儒、道代表，與豬八戒、沙悟淨或自覺或自覺地糾合成一種儒、道勢力，時時壓迫孫悟空。

　　周克良也探討了吳承恩的創作意識，如他指出小說的開卷詩，

---

[52]　周克良：〈明尊暗貶神道儒，中興佛教成大道：《西遊記》主題辨析〉，《大慶師專學報》（1993年 2期），頁 25～33。以下引述周克良的觀點均見此，不另加註。

就是弘揚佛教思想——眾生皆有佛性，《西遊記》也就是以此爲傳。前七回天宮神明的虛僞奸詐，在吳承恩的佛教意識來看，都是儒、道的弊病造成的，所以他藉孫悟空來揭發與革除這些問題；第八回如來所說的東土風氣敗壞，多殺貪淫，其實是吳承恩認爲眾生不知敬佛，儒、道橫行的結果。

經由以上的分析，周氏指出：

> 《西遊記》明尊暗貶神道儒，張揚佛法無邊，中興佛教成濟世
> 大道的主題是顯豁的，毋庸置辯的。一部《西遊記》，是佛教
> 中興傳，也是「鬥戰勝佛」的英雄傳。

十二　田同旭：一部以情反理的小說

田同旭對《西遊記》主題的看法，主要見於〈《西遊記》是部情理小說——《西遊記》主題新論〉[53]一文。

文章開頭，田同旭便提出這樣的意見——「只要把《西遊記》放在明中葉以後社會新思潮中來認識，不難發現，《西遊記》是一部以情反理的小說，它的主題是統一的。」

首先，他指出《西遊記》的作者吳承恩的一生恰好處於「明代反理學社會思潮逐漸走向興盛的時代」。這時代龍溪學派與泰州學派風行天下，他們肯定人的欲念而反對程朱理學；這時也有許多的文學家如湯顯祖、徐渭等人，也寫出了《牡丹亭》、《翠鄉夢》等作品，同樣也弘揚人欲，鞭撻理學。這樣的環境吳承恩當然也無法自外其中，

---

[53] 田同旭：〈《西遊記》是部情理小說——《西遊記》主題新論〉，《山西大學學報》（1994年2期），頁67~72。以下引述田同旭的觀點均見此，不另加註。

所以《西遊記》是「一部和明代中葉以後同步的巨著」。

　　接著，田同旭分析了《西遊記》的人物形象，他認爲《西遊記》是「把豬八戒作爲理學壓迫下的凡夫俗子進行塑造的」，他「表現著明代好色好貨思想的沉澱」，而其最後被封爲淨壇使者，正是循其食欲而給的封號，「豬八戒作者以情反理的武器，是《西遊記》弘揚人欲的一首凱歌」。孫悟空則是「反理學的鬥士」，他所追求的是個性解放，任情隨欲，其武器金箍棒則是「人之情欲的象徵」，金箍與緊箍咒則可以理解爲「程朱理學之『存天理，滅人欲』的倫理道德」，最後孫悟空被封爲「鬥戰勝佛」則是對「孫悟空反抗理學束縛的肯定」。唐僧則是「明代儒、道、佛三教合一的形象寫照，是個以天理律己，又以天理律人的象徵」，但他總是多災多難，無時無刻需孫悟空保護，田氏指出「作者的意寓在於：依天理行事，寸步難行，百事不成；順乎人性，雖受阻難，終可成功」，唐僧形象的意義是「實際上宣告了程朱理學的破產」。

　　經由以上的分析，田氏做出了這樣的結論：文學史上，有人把「第一次把明代社會的新思潮引入戲曲創作中，公然宣揚人的情慾具有天然的合理性，表現出鮮明時代特徵」的功勞歸於徐渭在嘉靖三十五年寫的《翠鄉夢》。那麼，第一次把明代社會新思潮引入小說創作，以情理鬥爭爲全書宗旨的，便是吳承恩在嘉靖二十一年左右寫的《西遊記》。《西遊記》是明代文學中反映情理主題的先驅之作。

十三　李安綱：用文學藝術來闡釋教義、道法、醫學、修練等艱澀深奧的哲理

　　李安綱對《西遊記》的看法，主要見於《苦海與極樂》、《新評新校西遊記》二書。通觀二書可知，李安綱是以儒、釋、道、醫學等

角度來解讀《西遊記》的。

在作者方面，李安綱認爲吳承恩絕不是小說《西遊記》的作者。李氏在查閱有關吳承恩的文獻資料後，指出吳承恩是一位儒生，對於釋、道沒有涉獵，能詩善文，但懷才不遇，曾寫過類似《玄怪錄》、《酉陽雜俎》的《禹鼎志》，其親朋好友對於他的著作都時有提及，惟獨不曾提到他寫有白話小說《西遊記》；將其詩文與《西遊記》對比，兩者間並無關係；至於《淮賢文目》當爲文章或文集的輯目，其中記載吳承恩所寫的《西遊記》，應該只是一篇遊記文章。

在小說結構方面，李安綱認爲《西遊記》是「以儒、道的周易八卦、陰陽五行和金丹大道爲結構，來表現佛家的的無尙法理的」。他指出自孫悟空進水濂洞後，再從東勝神洲出發，過南贍部洲，經西賀牛洲，最後到菩提老祖洞前的這一段經過，便是依次將所謂的「十二璧卦」走了一遍；《西遊記》第二回到第七回，孫悟空歷練過程的原型則是丘處機的《大丹直指》；至於唐僧所歷之八十一難，其原型則是石泰的《還原篇》。

在人物部分，李安綱指出孫悟空是「人心」的象徵，八戒是「情識」的象徵，唐僧是「後天識神」，沙僧是「眞性」的象徵，馬則是「意識」。

對於《西遊記》的主題，他提出了這樣的看法：

> 《西遊記》的主題是三教合一，金丹大道，是人體生命學的表述，是用文學藝術來闡釋教義、道法、醫學、修練等艱澀深奧的哲理[54]。

---

[54] 見李安綱：《新評新校西遊記》（太原市：山西古籍出版社，1995年），頁7。

第四節　小結

　　上面，筆者對五〇年代至九〇年代中大陸地區《西遊記》的主題接受，劃分爲五〇年代至六〇年代、七〇年代末至八〇年代初與八〇年代中至九〇年代中三個階段，每一階段都以一節的篇幅加以論述。本節則試圖對前三節的內容加以綜合的分析與論述，作爲本章小結。

　　在五〇年代至六〇年代這一階段，較具代表性的看法是張天翼的「主題矛盾說」與李希凡的「主題轉化說」。張天翼認爲《西遊記》裡的神佛代表統治階級，妖魔代表被統治階級，前七回孫悟空大鬧天宮所反映的是農民起義；然而後來孫悟空又投降了神佛，保護唐僧取經，在西行路上鎮壓自己的同類，造成了《西遊記》前後主題的「矛盾」。張天翼的「主題矛盾說」一出，即受到不少人的批評，批評者不認爲西天路上妖魔也代表被統治階級，孫悟空也沒有投降統治階級；但對於張天翼把前七回孫悟空大鬧天宮看成農民起義，批評者則是深表贊同的。

　　李希凡對《西遊記》的前七回內容的看法，基本上與張天翼無二致，都將之視爲農民起義，但對於後八十八回的故事，他則認爲主題有了「轉化」，西行路上的魔是眞正的魔，西天取經故事是廣闊、魅人的神話，主題是歌頌人的征服困難，他指出「如果把《西遊記》裡的許多生動活潑富於變化的神話故事，都設想成現實生活的階級矛盾的反映，那就不僅會曲解了取經神話優美的主題，而且會弄得草木皆兵了」。李希凡對於《西遊記》主題的看法，在這一時期是比較被眾人所接受的，其說一出後幾乎無人提出相左的意見，甚至於當時所編寫的一些文學史著作在論述到《西遊記》的主題時，也採用類似的意見。雖然李說在這一時期被眾人接受，但並不代表它就沒有任何缺

點，其說最大的缺點在於他肯定《西遊記》前七回有階級鬥爭的性質，但卻否認七回以後的故事有著同樣的性質，西天取經故事不能再「從表面來理解」，對於爲何必須改變詮釋策略，他並沒有加以說明。

綜觀這一時期，對《西遊記》主題的主要看法，可以發現：他們都認爲《西遊記》有著前後兩個不同的主題，只是其關係或爲「矛盾」、或爲「轉化」而已。

一九六六至一九七六，大陸展開了文化大革命，在這十年間，《西遊記》主題的研究停滯。文化大革命結束後，《西遊記》主題接受則進入了第二階段（七〇年代末至八〇年代初 ），此期首先對《西遊記》主題提出看法的是朱彤。朱彤注意到明末資本主義萌芽，新興市民社會勢力開始嶄露頭角，「封建社會末期在社會基本矛盾制約下出現的階級矛盾的特殊性」，孫悟空其實是一個「穿著神話外衣的市民英雄形象」，《西遊記》的主題是「歌頌新興事物的反抗」。

接著朱彤之後的，是朱式平的「安天醫國說」與羅東升「誅奸尚賢說」。他們大體上都注意到吳承恩階級的侷限性與社會理想，並加上對於文本的分析，都不認爲孫悟空並非代表農民起義的英雄，而是「地主階級進步知識份子所理想爲君除害的英雄」。一九八〇年，胡光舟提出了「主題統一說」（或稱「歌頌反抗、光明與正義說」），他認爲大鬧天宮與西天取經的意義雖各有側重，「但二者都表現在正義反對邪惡的鬥爭中，統一在孫悟空這個理想主義英雄形象身上」。

到了一九八二年，劉遠達、丁黎、傅繼俊對《西遊記》的主題提出的看法，劉遠達認爲《西遊記》是一部「破心中賊」的政治小說，丁黎認爲《西遊記》是一部「鎮壓和瓦解人民反抗之『經』」，傅繼俊則認爲《西遊記》是一部爲封建階級服務的反動小說。大體來說，此三人對於《西遊記》主題的看法是類似的，他們都把孫悟空看成向封建統治者『悔過自新』、『改邪歸正』的藝術形象」，孫悟空

前後轉變就是「從叛逆英雄蛻變爲統治階級的幫兇與打手」。可以看出此三人的主題說其實就是第一階段張天翼「主題矛盾說」的延伸與極端化，當初在「主題矛盾說」提出時，就有批評者指出如果再引申下去，「進而得出否定《西遊記》的人民性的結論，也是難於避免的」，只從表面上來理解整個《西遊記》，抹殺孫悟空後期性格的新意義，「那《西遊記》豈只是充滿『矛盾』的作品，簡直是七回以後，都完全要不得了，因爲依照這樣理解，它歌頌了一個投降者的叛賣活動」。當初張天翼在得出《西遊記》的主題有所「矛盾」時，還是肯定了它多多少少表現出「人民性」，不完全否定《西遊記》的價值，但當劉遠達、丁黎、傅繼俊對《西遊記》主題提出了「反動」的見解時，他們則認爲《西遊記》「很難說是我國優秀的古典小說」，這一點表現出了詮釋策略、作品意義與價值三者關係。

　　這一時期與上一時期對《西遊記》主題的看法相比，可以發現這一期論者對上一期將《西遊記》看成有兩個主題的說法都感到不滿，紛紛提出一個主題說，所以就《西遊記》主題形式而言，看法由雙重性轉變成單一性。但就《西遊記》主題性質來說，總的來說則都是屬於政治性，雖然內容個有所不同，有「歌頌新興市民說」、「安天醫國說」、「反動說」，對孫悟空形象的看法有所差異，或爲「起義農民英雄」，或爲「新興市民」，或爲「爲君除害的有識之士」，但整體而言，他們都是運用階級鬥爭的觀點與階級分析的方法，從政治的角度去分析，所以得出的主題都是屬於政治性的範疇。就筆者觀察，將《西遊記》看成是一本政治小說與把裡面的人物（尤其是主角孫悟空）劃分階級並不一定恰當，因爲就現有的文獻資料來看，並無提到吳承恩在《西遊記》中寄託了自己的政治思想，而吳承恩爲明代人，不見得有階級鬥爭的觀念，在塑造孫悟空形象時，更不一定會專就某一特定的階級形象出發。將孫悟空看成「農民起義英雄」或是「新興

市民階級」，都只是讀者的「再創造」、「曲解」，都只是將小說與
孫悟空某個側面加以強調而已。

八〇年代初至九〇年代中，《西遊記》的主題接受進入了第三
時期，此時期筆者討論了金紫千、王齊洲、王燕萍、曾廣文、姜云、
張錦池、吳聖昔、呂晴飛、諸葛志、劉勇強、田同旭、李安綱等人對
《西遊記》主題的說法，把此期的主題說與上一期相比，可以發現就
主題性質而言，本期的主題說不僅僅只有政治性的主題，哲理性的、
文化性的主題有所在多有，這與本期論者試圖從各種不同的詮釋角
度來解讀《西遊記》的主題有相當大的關係，本期論者或以「人生角
度」出發，或將《西遊記》界定爲「寓言小說」，或從明中葉思潮來
認識《西遊記》，或從儒、釋、道、醫學等角度，以上種種，不一而
足，所以得出的主題說當然也就呈現更爲多元而豐富的面向與成果。

五〇年代至九〇年代中大陸地區《西遊記》的主題接受：就主題
形式而言，看法由雙重性轉變成單一性；就對主題性質來說，看法由
政治性變爲多元性。

第六章 結論

　　本論文以堯斯的接受美學理論爲基礎，通過歷來有關小說《西遊記》主題的評論文字的鋪排，討論其接受過程。

　　在正文中，筆者將明清至二十世紀八〇年代小說《西遊記》主題的接受過程分爲三個大的時期，而每個大時期則又細分爲二至三個階段。

　　第一個大時期爲明清兩代，其中又細分爲明、清兩個階段。關於明代《西遊記》主題的接受，大致而言，評論者有的著重小說中的「修心」之義，如《李卓吾先生批評西遊記》與謝肇淛；而有的則指出《西遊記》帶有道教煉丹的色彩，如陳元之。清代的《西遊記》主題接受，可說是在明人的基礎之下加以引申開展的，這時期《西遊記》主題評論主要以汪象旭與黃太鴻的《西遊證道書》、陳士斌的《西遊眞詮》、張書紳《新說西遊記》與劉一明的《西遊原旨》這四家爲代表，這些評點者大多是「三教之徒」，他們把元代的丘處機當作《西遊記》的作者，並以宗教的眼光來詮解小說，雖然這些評點家詮解出的結論各有不同——或證仙佛之道、或言三教一家之理，但一言以蔽之，都是將《西遊記》看成一部「證道」的小說；而在以丘處機爲作者，並以「證道」爲《西遊記》主題主流看法的同時，吳玉搢、阮葵生、錢大昕、紀昀、焦循、丁晏與陸以湉等人則開始追尋《西遊記》「眞正」的作者，他們憑藉著幾方面的證據——如書中的「方言」、「官制」等等，力言《西遊記》的作者應爲明人（甚至指出是吳承恩），或也提出了新的主題說，從某方面來看，這已是對「證道說」否定的開始。

　　《西遊記》主題接受的第二個時期約為十九世紀末至二十世紀的二〇年代，其又可細分為十九世紀末至二十世紀初與二十世紀的二〇年代兩個階段。進入了十九世紀末之後，西方列強入侵中國，使得中國的政治、經濟、文化等等都產生了重大的變化，由於西方文化的傳入與西洋小說的譯介，當時人則開始以新的期待視野對傳統小說作了新的詮釋，這個時期《西遊記》主題的評論者主要有俠人、周桂笙與阿閣老人等，在他們的眼中，《西遊記》搖身一變，成了「科學小說」、「哲理小說」，被發掘出前人所未見未道的新意義，但由於這些新小說家對於「西例」認識往往不深，所以在「律我國小說」時，常顯出牽強附會弊病。到了五四運動時，由於陳獨秀、胡適推崇白話文引發文學革命，使得小說、戲曲等民間文學受到了關注，變成了古典文學研究的焦點；另一方面又因為當時人對「科學」的提倡與崇信，使得古典文學在研究方法及態度上也受到影響，《西遊記》的主題接受因此也有了新的發展，其中胡適以「歷史演變法」與科學的方法指出《西遊記》有幾百年的演化的歷史，並循蔣瑞藻《小說考證》、丁晏、天啓《淮安府志》及焦循等等所言，考出《西遊記》的作者並非是元朝道士丘處機，而是明代文人吳承恩，且作了一個簡易的年表，勾勒出其生平的基本輪廓，並在這樣的考證基礎下，一方面推翻了清人立基於小說作者為道士丘處機的諸種證道說，一方面提出《西遊記》「沒有什麼的微妙意思」，至多不過是一部「很有趣味的滑稽小說、神話小說」等看法；另外，魯迅也考證出《西遊記》的作者為吳承恩，對其生平作了簡略的敘述，並著眼於當時宗教風氣對於《西遊記》等「神魔小說」的影響，並在這樣的認識之下，駁斥了清人如陳士斌、張書紳、劉一明等「或云勸學，或云談禪，或云講道」的看法，並認為西遊記「實不過是出於作者的遊戲」，如果非要問的話，或者有點「求放心」或「心生魔生、心滅魔滅」之意而已。胡、

魯對《西遊記》的研究，在《西遊記》主題的接受歷程上有著破舊立新的重要性，一方面在於延續清代學者如吳玉搢、阮葵生、錢大昕與紀昀等人對《西遊記》作者的看法，釐清著作權的問題，為日後研究《西遊記》的學者定下新的基礎，破除清人種種附會的說法，另一方面從吳承恩的生平著手，對於《西遊記》提出新的見解。

二十世紀五○年代以後，由於政治、社會等環境不同，臺灣與大陸對《西遊記》主題的接受，則形成各自發展的格局。臺灣地區五○、六○年代間對《西遊記》的主題接受，主要可由李辰多與薩孟武二家的看法為代表。李辰多著重於吳承恩的生平際遇與當時的政治狀況，不滿胡適將《西遊記》看成一部「沒有什麼微妙的意思」的小說，他認為《西遊記》寄託了吳承恩一肚子的牢騷、不平、與憂國憂民；另外，社會政治學家薩孟武則專從政治的角度來看西遊記的一些情節，但與李辰多所不同的是，薩孟武所注意到的是中國歷朝歷代的政治情形，非僅僅是吳承恩所生活的一朝一代而已。七○年代以後，由於夏志清〈西遊記研究〉一文的出現，許多學人從中得到啟發，再加上西洋文學理論如神話原型、心理學、結構主義等等的應用，羅龍治、黃慶萱、方瑜、張靜二、吳璧雍、徐貞姬、鄭明娳與吳達芸等學者對於《西遊記》的主題都賦予了不同的意義。

五○、六○年代的大陸地區，由於政治因素的關係，馬列主義成為思想的指導原則，《西遊記》主題接受也是在這樣的氛圍下展開，這時較重要的論點有張天翼的「主題矛盾說」與李希凡的「主題轉化說」，他們都試圖從《西遊記》中看出「人民性」、「階級鬥爭」，二人的結論雖異，但相同處在於他們都認為《西遊記》有著前後兩個不同的主題，只是其關係或為「矛盾」、或為「轉化」而已。由於文化大革命的發生，在六○年代中至七○年代中這十年間，《西遊記》主題的研究停滯。文化大革命結束後，《西遊記》主題接受則

進入了第二階段（七〇年代末至八〇年代初），這段時間的詮釋策略仍以馬列文論爲主，首先對《西遊記》主題提出看法的是朱彤，他提出了「歌頌新興市民說」，接著則有朱式平的「安天醫國說」與羅東升「誅奸尙賢說」。到了一九八〇年，胡光舟提出了「主題統一說」（或稱「歌頌反抗、光明與正義說」）。一九八二年，劉遠達、丁黎、傅繼俊對《西遊記》的主題提出的看法，劉遠達認爲《西遊記》是一部「破心中賊」的政治小說，丁黎認爲《西遊記》是一部「鎭壓和瓦解人民反抗之『經』」，傅繼俊則認爲《西遊記》是一部爲封建階級服務的反動小說，大致而言，劉、丁、傅三人對於《西遊記》主題的看法是類似的，他們都把孫悟空看成向封建統治者『悔過自新』、『改邪歸正』的藝術形象」，孫悟空前後轉變就是「從叛逆英雄蛻變爲統治階級的幫兇與打手」，仔細的思考後，其實可以發現三人的說法就是第一階段張天翼「主題矛盾說」的延伸與極端化，綜觀這一階段的諸說，共同點在於對上階段將《西遊記》看成有兩個主題的說法都感到不滿，紛紛提出一個主題說，所以就《西遊記》主題形式而言，看法由雙重性轉變成單一性，但在性質上，仍是政治性的看法。八〇年代初至九〇年代中，《西遊記》主題接受進入了本期的第三階段，由於思想箝制的放鬆，評論者逐漸得以從政治以外的角度來解讀《西遊記》，筆者在此階段中探討了金紫千、王齊洲、王燕萍、曾廣文、姜云、張錦池、吳聖昔、呂晴飛、諸葛志、劉勇強、田同旭、李安綱等人對《西遊記》主題的說法，把此期的主題說與上一期相比，可以發現就主題形式上來看，仍爲一個主題說，但就性質而言，本階段的主題說不僅僅只有政治性，還有哲理性的、文化性的主題，呈現出多元的面貌。

從以上的陳述一方面可以看出不同時代的讀者身處於不同的背景下，或自覺或不自覺地使用不同的詮釋方法去理解《西遊記》的主

題，例如從清人的「證道說」到胡適、魯迅的「遊戲說」再到二十世紀五〇年代至八〇年代初大陸地區的「政治性」主題說，因此呈現出歷時性的變化；一方面同一時期、同一階段中，雖然某些政治、社會、思想因素占有主導地位，形成一種共有、基本的期待視野，讓讀者們對於《西遊記》主題的看法含有某些共同的成份，如七〇年代末至八〇年代初大陸地區的詮釋策略雖以馬列文論爲主要指導，但又因詮釋者的生活經驗、文化素養與審美能力不同，所以或視孫悟空爲「有識之士」，《西遊記》思想在表現「誅奸尚賢」；或孫悟空是「封建階級的護法與打手」，《西遊記》是「破心中賊的政治小說」，對作品的意義理解見仁見智，呈現出共時性的差異。

　　必須再次說明的是，歷來對《西遊記》主題的評論文字數目可謂是汗牛充棟，在有限的篇幅及時間內，筆者並無法一一分析考察並敘述，只能「略小而存大，舉重以明輕」，所以並非在五〇年代以後，並非就沒人以「證道」的眼光看《西遊記》，又或在八〇年代以後的大陸，就完全沒人用階級鬥爭的觀點分析《西遊記》，只是在這些時候，這些詮釋方法已逐漸退居較次的位置。嚴格來說，本論文只是大略地將明、清至二十世紀八〇年代《西遊記》主題接受歷程的輪廓勾勒出來而已[1]。

　　最後，筆者提出本論文的幾點心得與不足處：

　　詮釋角度或方法的偏限與有效性。在討論每家主題說的同時，筆者發現了每種詮釋方法與角度都各有所偏，都只對文本的某一部份作出解釋。如以政治角度在解讀《西遊記》時，所著重的多在小說中對天宮、人間帝王昏庸、無能的諷刺描寫，於書中的宗教術語如「金公木母」、「陰陽五行」則多闕而不論，或指爲無稽無義；以證道

---

[1]　筆者將論文裡所討論的諸家說法整理成一「《西遊記》主題接受簡表」，參見附錄二。

角度來詮釋《西遊記》時 ，就多關注「修心」、「三教一家」的內容，於小說中對天宮、人間、社會的諷刺情節較為忽略，都未能論及全書。

評判詮釋的標準為何。本論文所列舉的《西遊記》主題說約有四十多種，於其中某些「過度」的詮釋，筆者或提出自己或引述別人的批評，指出其不符作者時代情況與文本之處，但對於其他能自圓其說的主題看法，則難以作出何者「合理」或「正確」的評判，又或者只是指出詮釋之間的辨證關係，所謂「唯一正確」的詮釋仍遙不可及。

本文將研究重點放在歷代讀者的期待視野，關注其在解讀文學作品時所發揮的作用，但在文本對於讀者的進行詮釋時是否有制約作用（或發生多少制約作用），則並未觸及；而且每一時代讀者群的身分（如清代的道士群、民國之後的學者群等）關係到《西遊記》一書生成「意義」的學術品味及氛圍，其比較分析則有待更進一步的知識譜系予以證成。

除了評論文字之外，因《西遊記》影響而產生的作品（如續書、戲曲、電影等等 ）也是一種讀者的接受；除了兩岸外，《西遊記》亦在世界各國廣泛的流傳，海外人士亦對《西遊記》作出不少評論，若要將《西遊記》主題接受史建構得更加全面、完整，上述兩者亦是須納入考察的對象。

以上只是舉其犖犖大端，尚有如許無涯之學海猶待涵泳，本論文暫提出若干觀察、流變，至若《西遊記》對歷世歷代的心靈產生的影響，則待來日學界共參。

參考文獻

一 古籍（依年代先後排列）

孟子注疏　十三經注疏本　臺北市　藝文印書館　1997年

新譯抱朴子　葛洪著、李中華注釋　臺北市　三民書局　1996年

西遊記（李卓吾評本）　吳承恩著、陳先行、包于飛點校　上海市　上海古籍出版社　1997年

五雜組　謝肇淛著、郭熙途校點　瀋陽市　遼寧教育出版社　2001年

西遊記　吳承恩著、李卓吾評、黃周星評　山東市　山東文藝出版社　1996年

黃周星定本西遊証道書　黃永年、黃受成點校　北京市　中華書局　1993年

千頃堂書目　（清）黃虞稷　上海市　上海古籍出版社　2001年

西遊眞詮　陳士斌　上海市　上海古籍出版社　1990年

新說西遊記　張書紳　上海市　上海古籍出版社　1990年

西遊原旨　劉一明　上海市　上海古籍出版社　1990年

會心內集　劉一明　藏外道書　成都市　巴蜀書社　1994年

重修皋蘭縣志　（清）楊昌濬等　1917年石印本

二 專著（按出版年先後排列）

西遊記研究論文集　作家出版社編輯部編　北京市　作家出版社

1957年

西遊記與中國古代政治　薩孟武　臺北市　清水商行印刷公廠
　　1957年

論中國古典小說的藝術形象　李希凡　上海市　上海文藝出版社
　　1962年

中國文學史　中國社會科學院文學研究所中國文學史編寫組　北京市
　　人民文學出版社　1962年

籌辦夷務始末　臺北市　國風出版社　1963年

中國文學史　游國恩、王起等　北京市　人民文學出版社　1964年

毛澤東選集　北京市　人民出版社　1966年

西遊記與中國古代政治　薩孟武　臺北市　三民書局　1969年

文學欣賞新途徑　李辰冬　臺北市　三民書局　1970年

中國通俗小說書目　孫楷第　臺北市　鳳凰出版社　1974年

露泣蒼茫　羅龍治　臺北市　時報出版社　1978年

青田散記　傅述先　臺北市　時報出版社　1979年

昨夜微霜　方瑜　臺北市　九歌出版社　1980年

西遊記探源　鄭明娳　臺北市　文開出版社　1982年

西遊記資料匯編　朱一玄、劉毓忱　許昌市　中州書畫社　1983年

魯迅小說史論文集——中國小說史略及其他　魯迅　臺北市市　里仁
　　書局　1984年

五四研究論文集　汪榮祖編　臺北市　聯經出版社　1985年

晚清小說理論研究　康來新　臺北市　大安出版社　1986年

建國以來古代文學問題討論舉要　盧興基　濟南市　齊魯書社
　　1987年

接受美學與接受理論　周寧、金元浦譯　瀋陽市　遼寧人民出版社
　　1987年

胡適古典文學研究論集　胡適　上海市　上海古籍出版社　1988年

西遊新解　吳聖昔　北京市　中國文聯出版公司　1989年

胡適文選　胡適　臺北市　遠流出版社　1989年

接受理論　張廷琛主編　成都市　四川文藝社出版社　1989年

接受美學　朱立元　上海市　上海人民出版社　1989年

接受美學譯文集　劉小楓選編　上海市　三聯書店　1989年

晚清文學叢鈔小說戲曲卷　梁啓超等著　阿英編　臺北市　新文豐出
　　版公司　1989年

西遊記研究資料　劉蔭柏　上海市　上海古籍出版社　1990年

胡適文存　臺北市　遠東圖書公司　1990年

後西遊記研究　吳達芸　臺北市　華正書局　1991年

西遊記論要　劉勇強　臺北市　文津出版社　1991年

中國古代文學名著爭鳴大觀　譚紹鵬　南寧市　廣西人民出版
　　1992年

胡適演講集　臺北市　遠流出版社　1992年

三中全會以來的重大決策　中共中央文獻研究室　北京市　中央文獻
　　出版社　1994年

西遊記中的懸案　屈小強　成都市　四川人民出版社　1994年

接受美學理論　赫魯伯　董之林譯　板橋市　駱駝　1994年

西遊記發微　劉蔭柏　臺北市　文津出版社　1995年

苦海與極樂　李安綱　北京市　東方出版社　1995年

晚清時期小說觀念之轉變　黃錦珠　臺北市　文史哲出版社　1995年

新評新校西遊記　李安綱　太原市　山西古籍出版社　1995年

文學新思維　朱棟霖編　南京市　江蘇教育出版社　1996年

晚清小說史　阿英　北京市　東方出版社　1996年

二十世紀中國小說史　陳平原　北京市　北京大學出版社　1997年

二十世紀中國小說理論資料　陳平原、夏曉虹編　北京市　北京大學
　　出版社　1997年
二十世紀中國古典文學研究史　趙敏俐、楊樹增　西安市　陝西人民
　　教育出版社　1997年
中國小說史學史長編　胡從經　上海市　上海文藝出版社　1998年
中國古典詩歌接受史研究　陳文忠　合肥市　安徽大學出版社
　　1998年
接受反應文論　金元浦　濟南市　山東教育出版社　1998年
小說史　理論與實踐　陳平原　北京市　北京大學出版社　1999年
幻象世界中的文化與人生──西遊記　何錫章　昆明市　雲南人民出
　　版社　1999年
中國章回小說考證　胡適　合肥市　安徽教育出版社　1999年
白話文學史　胡適　上海市　上海古籍出版社　1999年
劉一明修道思想研究　劉寧　成都市　巴蜀書社　2001年

三　學位論文（按出版年先後排列）

西遊記研究　吳壁雍　臺北市　師範大學國文研究所碩士論文
　　1980年
西遊記八十一難研究　徐貞姬　臺北市　輔仁大學中文研究所碩士論
　　文　1980年

四　期刊論文（按出版年先後排列）

國故和科學精神　毛子水　新潮　1卷5號　1919年
西遊記的「刺」　芳州　上海生活　1935年　1月　20日
文學研究的新途徑　李辰冬　大陸雜誌　6卷10期　1953年

批判胡適的西遊記考證　馮沅君　文史哲　1955年7月

怎樣研究中國小說　李辰冬　中國一周　334期　1956年9月17日

中國古典小說　夏志清　現代文學　37期　1969年3月

西遊記研究　夏志清著、何欣譯　現代文學　45期　1971年12月

西遊記的象徵世界　黃慶萱　幼獅月刊　46卷3期　1977年

西遊記的寓言和戲謔特質　羅龍治　書評書目　52期　1977年

論孫悟空　朱彤　安徽師大學報　1期　1978年

孫悟空是新興市民的形象嗎　趙明政　安徽大學學報　3期　1978年

試論西遊記的政治傾向　朱式平　山東師院學報　6期　1978年

試論西遊記的思想傾向　羅東升　遼寧師院學報　1期　1979年

也談西遊記的思想傾向——與羅東升同志商榷　朱繼琢　華南師院學
　　報　1期　1980年

對西遊記主題思想的再認識　江漢論壇　胡光舟　1期　1980年

論西遊記的結構與主題　張靜二　中華文化復興月刊　13卷3期
　　1980年

試論西遊記的思想傾向　劉遠達　思想戰線　1期　1982年

西遊記不是「破心中賊」的「政治小說」　雲大中文系古典文學研究
　　會討論綜述　思想戰線　4期　1982年

也談西遊記中孫悟空的形象　劉士昀　思想戰線　5期　1982年

我對《西遊記》的一些看法　文史哲　傅繼俊　5期　1982年

從神魔關係論《西遊記》的主題思想　丁黎　學術月刊　9期　1982年

天地不全——西遊記主題試探　吳達芸　中外文學　10卷11期
　　1982年

把藝術從社會學的框子裡解放出來——談神魔小說西遊記的社會內容
　　何滿子　社會科學　11期　1982年

西遊記研究的不協合音　何滿子　江海學刊　1期　1983年

西遊記與社會現實　李希凡　江海學刊　1期　1983年

關於西遊記的主題思想　周中明　學術月刊　2期　1983年

西遊記的文心之微與研究方法　寇養厚　廣西師範學院學報　4期
　　　1983年

也談西遊記的主題　金紫千　文史哲　2期　1984年

孫悟空與神魔世界　王齊州　學術月刊　7期　1984年

論「心經」與西遊故事　張靜二　國立政治大學學報　51期　1985
　　　年5月

世間豈謂無英雄──西遊記的主題思想新探　曾廣文　成都大學學報
　　　3期　1985年

國外學者看西遊記　張靜二　中外文學　14卷5期　1985年10月

單一性、哲理性、積極性　方勝　寧波師院學報　4期　1986年

西遊記：一部以象徵主義爲主要特色的作品　姜云　文學遺產　6期
　　　1986年

談西遊記主題的基本性質　方勝　光明日報　1986年10月21日

論孫悟空形象的演化與《西遊記》的主題　張錦池　學術交流　5期
　　　1987年

西遊記的主題思想　呂晴飛　北京社會科學　4期　1990年

西遊記主題思想新論　諸葛志　浙江師大學報　2期　1991年

西遊記証道書原序是虞集所撰嗎　吳聖昔　明清小說研究　3期
　　　1991年

西遊記　奇特的精神漫游　劉勇強　文史知識　4期　1991年

清張書紳的新說西遊記、西遊正旨及其事蹟　趙擎寰　山西圖書館學
　　　報　1期　1992年

明尊暗貶神道儒，中興佛教成大道：西遊記主題辨析　周克良　大慶
　　　師專學報　2期　1993年

西遊記主題思想新論續編　諸葛志　浙江師大學報　4期　1993年

西遊記質疑　張靜二　中外文學　21卷12期　1993年5月

西遊記中的力與術　張靜二　漢學研究　11卷2期　1993年12月

西遊記是部情理小說——西遊記主題新論　田同旭　山西大學學報
　　2期　1994年

西遊証道書撰者考辨　吳聖昔　明清小說研究　2期　1997年

明清西遊記文化思想研究概述　嚴鳳梧、李安綱　西遊記文化學刊（1）
　　北京市　東方出版社　1998年11月

西遊記學發展源流略論　李安綱　運成高專學報　17卷4期　1999年

新時期西遊記研究回顧　張強　古典文學知識　4期　1999年

西遊學小史　李舜華　北京社會科學　1期　2000年

九十年代西遊記研究綜述　陳金枝　運城高專學報　2期　2000年

西遊記作者和主旨再探　胡義成　中國文化月刊　225期　2001年6
　　月

附錄一　《西遊記》論著目錄 （1982～1999）

以下分專著、學位論文與期刊論文三類

一　專著

取經的卡通——西遊記　黃慶萱　臺北市　時報文化　1982年

大話西遊　鄧偉雄　臺北市　堯舜　1983年

《西遊記》資料匯編　朱一玄、劉毓忱　許昌市　中州書畫社
　　1983年

西遊記探微　趙天池　臺北市　巨流圖書公司　1983年

吳承恩與西遊記　胡光舟等　臺北市　木鐸出版社　1983年

西遊記人物研究　張靜二　臺北市　學生書局　1984年

西遊記研究　太田辰夫　東京都　研文出版　1984年

論《西遊記》及其他　劉毓忱　天津市　百花文藝出版社　1984年

孫悟空誕生——民國話學西遊記　中野美代子　東京市　玉川大學出
　　版部　1985年

四說論叢：三國演義・水滸傳・西遊記・紅樓夢　羅盤著　臺北市
　　東大出版　1986年

讀書人層「西遊記」受容：明後期諸文藝關係　磯部彰　東京市　富
　　山大學人文學部　1987年

中國古典小說中之替身主題：西遊記與紅樓夢中自性的辨明　劉紀蕙
　　臺北市　行政院國科會科資中心　1988年

從五行看西遊記人物　龍乃吟　臺北市　文化大學　1988年

西遊記及明清小說研究　蘇興　上海市　上海古籍出版社　1989年

西遊新解　吳聖昔　北京市　中國文聯出版社　1989年

余國藩西遊記論集　余國藩　臺北市　聯經出版社　1989年

西遊記別論　王國光　上海市　學林出版社　1990年

西遊記的版本　周芬伶等　臺北市　天一出版社　1990年

西遊記的傳說　賀學君　海口市　南海出版社　1990年

西遊記研究資料　劉蔭柏　上海市　上海古籍出版社　1990年

西遊記評介　黃慶萱等　臺北市　天一出版社　1990年

西遊記漫話　林庚　北京市　人民文學出版社　1990年

西遊記導讀　呂晴飛、侯健　礦庄市　河北少年兒童出版社　1990年

西遊記考論　李時人　杭州市　浙江古籍出版社　1991年

西遊記的比較研究及其影響　周芬伶等　臺北市　天一出版社
　　1991年

西遊記的結構　周芬伶等　臺北市　天一出版社　1991年

西遊記的演化　文基等　臺北市　天一出版社　1991年

西遊記綜論　胡適等　臺北市　天一出版社　1991年

西遊記論要　劉勇強　臺北市　文津出版社　1991年

西遊記雜考　孔另境等　臺北市　天一出版社　1991年

西遊記雜談　趙聰等　臺北市　天一出版社　1991年

研究西遊記的專著　楊正之等　臺北市　天一出版社　1991年

唐三藏與西遊記　夏志清等　臺北市　天一出版社　1991年

中國小說史略　魯迅　臺北市　里仁出版社　1992年

西遊記新話　鍾嬰　瀋陽市　遼寧教育　1992年

西遊話古今　唐遨　臺北市　遠流出版社　1992年

奇特的精神漫游：西遊記新說　劉勇強　北京市　三聯書店　1992年

西遊記形成史研究　磯部彰　東京市　創文社　1993年

萬千變化西遊趣：西遊記賞析　潘壽全　臺北市　開今文化出版社
　　1993年

西遊記辭典　曾上炎著　鄭州市　河南人民出版社　1994年

西遊東走　董國炎　太原市　山西教育出版社　1994年

西遊記中的懸案　屈小強　成都市　四川人民出版社　1994年

神佛魔性話西遊　何錫章、周積明　武昌市　華中理工大學　1994年

西遊記的傳說　鍾敬文、許鈺　臺北市　林鬱文化　1995年

西遊記發微　劉蔭柏　臺北市　文津出版社　1995年

吳承恩話西遊：神魔佛怪　何錫章著、周積明編　臺北市　亞太圖書
　　出版社　1995年

苦海與極樂──西遊記奧義　李安綱　北京市　東方出版　1995年

西遊記考論　張錦池　哈爾濱市　黑龍江教育出版社　1997年

西遊記趣談與索解　寧稼雨、馮雅靜　瀋陽市　春風文藝出版社
　　1997年

讀西遊記話人才　孫寶義　臺北市　方智出版社　1997年

名家解讀西遊記　濟南市　山東人民出版社　1998年

西遊記文化學刊　西遊記文化學刊編委會　北京市　東方出版社
　　1998年

西遊記迷境探幽　劉耿大　上海市　學林出版社　1998年

西遊記與唯識　林忠治　臺北市　大圓出版社　1998年

幻象世界中的文化與人生──西遊記　何錫章　昆明市　雲南人民出
　　版社　1999年

西遊故事　南昌市　江西教育出版社　1999年

西遊記研究　張易克　高雄市　學術擂臺出版社　1999年

西遊記盜名學案　張易克　高雄市　學術擂臺出版社　1999年

看破西遊記　周文志　昆明市　人民文學出版社　1999年

解讀西遊記　何錫章　臺北市　雲龍出版社　1999年

二　學位論文

西遊記——自我修養的教義　梁屏仙　臺灣師範大學英語研究所碩士
　　論文　1983年6月

西遊記人物的文字與繡像造形——以李卓吾批評西遊記爲主　彭錦華
　　輔仁大學中國文學研究所碩士論文　1992年

西遊記中韻文的運用　許麗芳　臺灣大學中國文學研究所碩士論文
　　1993年

多媒體超小說系統發展程序之研究——以西遊記爲例　張志宏　大葉
　　工學院資管理研究所碩士論文　1995年

西遊記在泰國的研究　謝玉冰　中國文化大學中國文學研究所碩士論
　　文　1995年

西遊記詞彙研究——論擬聲詞、重疊詞和派聲詞　楊憶慈　國立成功
　　大學中國文學研究所碩士論文　1996年

西遊記與哈克歷險記中人與自然的關係　葉立萱　國立中正大學外國
　　語文研究所碩士論文　1999年

三　單篇論文

西遊記賞析——主題的欣賞（1）　鄭明娳　新文藝　311期　1982
　　年2月

從幽默談西遊記　杜若　臺肥月刊　23卷2期　1982年2月

西遊記賞析——主題的欣賞（2）　鄭明娳　新文藝　312期　1982

年3月

天地不全——西遊記主題試探　吳達芸　中外文學　10卷11期
　　1982年4月

論西遊故事中的悟空　張靜二　中外文學　10卷11期　1982年4月

西遊記賞析——主題的欣賞（3）　鄭明娳　新文藝　313期　1982
　　年4月

西遊記賞析——主題的欣賞（4）　鄭明娳　新文藝　314期　1982
　　年5月

西遊記賞析　西遊記中的喜劇風格　鄭明娳　新文藝　315期　1982
　　年6月

西遊記補研究　傅世怡　國立臺灣師範大學國文研究所集刊　26期
　　1982年6月

水滸傳與西遊記比較分析——中國古典小說的藩離　Csongor
　　Barnbas　中外文學　11卷2期　1982年7月

西遊記賞析：西遊記對情關的描寫　鄭明娳　新文藝　316期　1982
　　年7月

西遊記賞析：特寫人物的描繪　鄭明娳　新文藝　318期　1982年9月

西遊記賞析：速寫人物的描寫　鄭明娳　新文藝　319期　1982年10月

論西遊故事中的龍馬　張靜二　中外文學　11卷6期　1982年11月

中韓兩國共同熟悉的小說——西遊記小考證　黃永武　文學思潮　13期
　　1982年11月

西遊記賞析：《西遊記》與神話傳說　鄭明娳　新文藝　320期
　　1982年11月

《西遊記》賞析：《西遊記》中三教混融　鄭明娳　新文藝　321期
　　1982年12月

一個並不虔誠的佛教徒──談孫悟空的形象并和劉遠達同志商榷
　　　何思玉　思想戰線　3期　1982年
我對西遊記的一些看法　傅繼俊　文史哲　5期　1982年
豬八戒與孫悟空──談小說中「靈與肉」的對偶形象　楊江柱　芳草
　　　4期　1982年
論西遊記的神奇性　裴樹海　雷州師專學報　1期　1982年
西遊記人物的喜劇造型　吳達芸　成功大學學報　18期　1983年3月
西遊記若干情節本源五探　曹仕邦　書目季刊　16卷4期　1983年3月
西遊記八十一難的意義及其基型結構　徐貞姬　文學評論　7期
　　　1983年4月
評鄭明娳著西遊記探源　吳達芸　漢學研究　1卷1期　1983年6月
論西遊故事中的悟空（1）　張靜二　漢學研究　1卷2期　1983年6月
中國古典小說研究書目（7）　西遊記論著目錄　鄭明娳　中國古典
　　　小說研究專集　6期　1983年7月
西遊記的接納與流傳：以明代正德到崇禎年間爲中心　磯部彰　中國
　　　古典小說研究專集　6期　1983年7月
論西遊記三版本間之關係　鄭明娳　中國古典小說研究專集　6期
　　　1983年7月
論西遊故事中的八戒　張靜二　中外文學　11卷6期　1983年8月
西遊記若干情節本源六探　曹仕邦　書目季刊　16卷4期　1983年9月
西遊記故事探源　曹仕邦　香港佛教　281期　1983年10月
有關西遊記的幾個問題（上）　張靜二　中外文學　12卷5期　1983
　　　年10月
有關西遊記的幾個問題（下）　張靜二　中外文學　12卷6期　1983
　　　年11月
論西遊故事中的悟空（2）　張靜二　漢學研究　1卷2期　1983年12月

論觀音與西遊故事　張靜二　國立政治大學學報　48期　1983年12月

也談西遊記的主題　任守春　中州學刊　3期　1983年

西遊記的激進思想與侷限　劉蔭柏　齊魯學刊　4期　1983年

從西遊記的社會反響看它的藝術特色　王永生　楊州師院學報　2期
　　1983年

《雲臺山、吳承恩與西遊記》補證　李洪甫　徐州師院學報　2期
　　1983年

楊志和《西遊記》摭談　蘇興　文學遺產　2期　1983年

磯部彰對《西遊記》的研究　允平　文學遺產　2期　1983年

論西遊故事中的三藏　張靜二　文學評論　8期　1984年2月

西遊記的語言礦藏　野渡　中國語文　54卷3期　1984年3月

我研究西遊情節出處的因緣與方法　曹仕邦　香港佛教　288期
　　1984年5月

西遊記人物研究序　張靜二　書目季刊　18卷2期　1984年9月

西遊記人物研究　繡花枕頭話唐僧　羅盤　中國語文　55卷6期
　　1984年12月

金箍棒的本義與譜系——古代小說中的民俗學研究舉隅　周汝昌　和
　　中師院學報　2期　1984年

諧中寓莊，情趣盎然——論西遊記藝術辨証法之一（1）　吳聖昔
　　廣州師院學報　3期　1984年

諧中寓莊，情趣盎然——論西遊記藝術辨証法之一（2）　吳聖昔
　　廣州師院學報　4期　1984年

從西遊記透視小說的現代觀　羅盤　中央日報　1985年2月14日

西遊記的主題意識　羅盤　中國語文　56卷3期　1985年3月

請勿等閒視西遊　羅盤　青年日報　1985年3月20日

孫悟空在兒童文學的形象　以坊間六種兒童西遊記為初步研究　關關
　　新書月刊　20期　1985年5月
論「心經」與西遊故事　張靜二　國立政治大學學報　51期　1985
　　年5月

略論唐三藏西遊釋厄傳　程弘　光明日報　1985年6月4日
西遊記若干情節本源七探　曹仕邦　書目季刊　19卷1期　1985年6月
花燈與禪性　論西遊記中的一則主題寓言　呂健忠　中外文學　14卷
　　5期　1985年10月
國外學者看西遊記　張靜二　中外文學　14卷5期　1985年10月
也談百回本西遊記是否吳承恩所作　蘇興　社會科學戰線　1期
　　1985年
臺灣學者鄭明娳對西遊記的探討　容鎔　中外文學研究參考　1期
　　1985年
西遊記中的「西梁女國」考略　江慰慶　西藏研究　1期　1985年
西遊記中佛道之爭探原——兼評「三教合一」說　李谷鳴　安徽教
　　育學院學報　2期　1985年
西遊記和神魔小說　鄭偉　春風　1期　1985年
再談西遊記中神魔的對立　陳澂　文史哲　2期　1985年
吳承恩寫定百回本西遊記的語言標志　彭海　貴州文史叢刊　3期
　　1985年
孫悟空形象的藝術魅力　張寶坤　電大學刊　2期　1985年
孫悟空、豬八戒形象塑造與藝術經驗　孫遜　文學評論　1期　1985年
章回小說西遊記疑非是吳承恩所作　楊秉祺　內蒙古師大學報　2期
　　1985年
試論《西遊記》的主題思想　王燕萍　廣西師範學院學報　1期
　　1985年

試論吳承恩的生活印跡與孫悟空形象的塑造　曹普杰　鹽城師專學報
　　1期　1985年

談西遊記的俳優色彩　周寅賓　上海廣播電視　4期　1985年

豬八戒形象新論　楊俊　雲南社會科學　2期　1985年

論豬八戒　劉士昀　思想戰線　6期　1985年

「大話西遊」還是「史實西遊」：談談小說西遊記中若干情節的來源
　　曹仕邦　香港佛教　311期　1986年4月

改寫本西遊記人物造型之比較分析：兼論忠實性與角色強化　洪文珍
　　臺東師專學報　14期　1986年4月

「大話西遊」還是「史實西遊」：談談小說西遊記中若干情節的來源（續）
　　曹仕邦　香港佛教　312期　1986年5月

西遊記裡的政治意境　劉光華　聯合月刊　60期　1986年7月

俳諧話西遊　鄭明娳　聯合文學　2卷10期　1986年8月

宗教與中國文學　論西遊記的玄道　余國藩　中外文學　15卷6期
　　1986年11月

由重出詩探討西遊記與封神演義的關係　Koss　Nicholas　中外文學
　　4卷11期　1986年5月

西遊人物溯原　沙悟淨與密教中的深沙大將　蕭登福東方雜誌　19卷
　　11期　1986年5月

「大話西遊」還是「史實西遊」：談談小說西遊記中若干情節的來源（續）
　　曹仕邦　香港佛教　313期　1986年6月

新說西遊記圖像　鄭明娳　國文天地　2卷2期　1986年7月

談西遊記主題的基本性質　方勝　光明日報　1986年10月21日

巧妙編織故事，生動塑造人物——《西遊記》三調芭蕉扇藝術特色
　　劉毓忱　武漢大學學報　5期　1986年

西遊記：一部以象徵主義爲主要特色的作品　姜雲　文學遺產　6期
　　1986年

西遊記中孫悟空原型新論　李谷鳴　安徽教育學院學報　3期　1986年

西遊原旨成書年代及版本源流考　王守泉　蘭州大學學報　14卷1期
　　1986年

西遊記的審美特徵　蕭小紅　中山大學研究生學刊

《西遊記》遠紹——論吳承恩的點金術　楊桂森　天津師專學報　1期
　　1986年

百回本西遊記的前驅——評朱鼎臣西遊釋厄傳　陳君謀　上海師範大
　　學學報　4期　1986年

再談百回本西遊記是否吳承恩所作　章培恒　復旦學報　1期　1986年

吳承恩作西遊記二証　劉懷玉　東北師大學報　6期　1986年

拙中藏巧，別具一格——論西遊記的藝術結構　吳聖昔　殷都學刊
　　3期　1986年

「神魔皆有人情，精魅亦通世故」——談西遊記的現實性　李希凡
　　文史知識　8期　1986年

孫悟空與唐僧　王濟州　荊州師專學報　4期　1986年

雄奇恢詭，寓眞於誕——「大鬧天宮」論析西遊記　朱彤名作欣賞
　　2期　1986年

單一性、哲理性、積極性——西遊記主題論析　方勝　寧波師院學報
　　4期　1986年

試論兩個神猴的淵源問題　陳邵群　暨南學報　1期　1986年

論西遊記的思想與主題　鍾嬰　文史哲　2期　1986年

論孫悟空神猴形象來歷（下）　趙國華　南亞研究　2期　1986年

關於孫悟空形象的藝術淵源問題爭論的回顧　倪長康　上海師範大學
　　學報　4期　1986年

西遊記若干情節本源八探　曹仕邦　書目季刊　20卷4期　1987年3月

西遊記的喜劇風格　談丑角　鄭明娳　文藝月刊　221期　1987年
　　11月

三個異同形象的相同點——孫悟空、浮士德、唐吉訶德之比較
　　杜崇新　瀋陽師範學院學報　4期　1987年

西遊記本事雜考　鍾鐵鷹　淮陰師專學報　3期　1987年

西遊記的主題思想新探　馮楊　思想戰線　3期　1987年

西遊記與元明清寶卷　劉蔭柏　文獻　4期　1987年

西遊記與印度文學比較研究之二　趙國華　南亞研究　5期　1987年

西遊記與印度史詩和佛經文學　袁荻湧　閱讀與寫作　3期　1987年

西遊記與佛教　殷以聰　貴州教育學院學報　2期　1987年

吳承恩西遊記詳証　楊子雲　南京大學學報　4期　1987年

孫悟空的血緣問題　張錦池　北方論叢　5期　1987年

「神魔」、「神話」二說之起伏消長——「西遊學」史片面觀　鍾楊
　　安慶師院學報　3期　1987年

從飲食習慣看西遊記淮海色彩　顏景常　淮陰師專學報　1期　1987年

論西遊記的民族性　楊俊　雲南社會科學　4期　1987年

論西遊記的滑稽詼諧　朱其鎧　山東師大學報　1期　1987年

論西遊記與宗教的關係　鍾嬰　世界宗教研究　3期　1987年

論西遊記藝術結構的完整性與獨創性　張錦池　文學遺產　5期
　　1987年

論孫悟空形象的演化與《西遊記》的主題　張錦池　學術交流　5期
　　1987年

謝肇淛「西遊記評論」考辨　鍾楊　貴州文史叢刊　3期　1987年

讀紅樓夢、西遊記抉微　宋萬學　鞍山師專學報　2期　1987年

西遊記若干情節本源九探　曹仕邦　書目季刊　21卷4期　1988年3月

西遊記的敘事結構與第九回的問題　余國藩　中外文學　16卷10期
　　　1988年3月

西遊記簡本楊、朱二本之先後及簡繁本之先後　柳存仁　漢學研究
　　　6卷1期　1988年6月

清代西遊記諸型態受容層──戲曲、繪畫　漢學研究　6卷1期
　　　1988年6月

朝聖行　論神曲與西遊記　余國藩　中外文學　17卷2期　1988年7月

西遊記的源流、版本、史詩與寓言（上）余國藩　中外文學　17卷6期
　　　1988年11月

西遊記的源流、版本、史詩與寓言（下）余國藩　中外文學　17卷7期
　　　1988年12月

英譯西遊記的問題──位亞洲協會國際中英文翻譯研討會而作　余國藩
　　　中外文學　17卷11期　1989年4月

西遊記對韓國小說的影響　李相翊　韓國學報　8期　1989年5月

西遊記、封神演義中神話人物與臺灣民間信仰（上）　周榮杰　臺南
　　　文化　27期　1989年6月

西遊記、封神演義中神話人物與臺灣民間信仰（下）　周榮杰　臺南
　　　文化　28期　1989年12月

西遊記：一個奇幻文類的個案研究　曾麗玲　中外文學　19卷3期
　　　1990年8月

欲望法輪──以紅樓夢與西遊記爲例　李奭學　當代　52期　1990
　　　年8月

西遊記若干情節的本源十探　曹仕邦　中國書目季刊　24卷3期
　　　1990年12月

人的頌歌──西遊記管窺一得　花三科　寧夏大學學報　3期　1990
　　　年

吳本西遊記的又一借鏡　四遊記中北遊記評述　趙伯英　鹽城師專學
　　院　4期　1990年

柳暗花明又一村：讀西遊新解　朱邦國　淮陰教育學院學報　4期
　　1990年

哈奴曼與孫悟空——歷史淵源、性格對比、宗教差異　黃健　國外文
　　學　2期　1990年

孫悟空形象的原型研究——對哈奴曼說與密教大神說的思考與否定
　　吳全韜　寧波師院學報　3期　1990年

孫悟空形象新探　楊俊　徽州社會科學　3期　1990年

從孫悟空、豬八戒與唐吉軻德、山丘看中西民族文化心態　蕭錦龍
　　西北師大學報　6期　1990年

猴行者與古羌人的氏族圖騰及祖先傳說——孫悟空形象探源之四
　　蔡鐵鷹　寧夏大學學報　3期　1990年

人類未來的預見者：《西遊記》理性思維新論　楊俊　明清小說研究
　　2期　1991年

元明之際取經故事系統的流向和影響：孫悟空形象探源三　蔡鐵鷹
　　明清小說研究　1期　1991年

目連變文、目連戲與唐僧取經故事關係初探　朱恒夫　明清小說研究
　　2期　1991年

西北萬里行：艱難欣喜兩心知：談我西遊記成書史研究的形成　蔡鐵鷹
　　淮陰師專學報　2期　1991年

回目對讀的發現和啓示：西遊記版本研究之一　吳聖昔　明清小說研
　　究　2期　1991年

《百回本西遊記作者臆斷》質疑　廉旭　蘇州大學學報　1期　1991年

如來佛和《西遊記》主題　章立　信陽師範學報　4期　1991年

西遊記三論　賀學君　西北師大學報　2期　1991年

西遊記主題思想新論　諸葛志　浙江師大學報　2期　1991年

西遊記女性形象略論　吳勇兵　呂梁學刊　3期　1991年

西遊記：奇特的精神漫遊　劉永強　文史知識　4期　1991年

西遊記的敘述語法　從事件到表層敘述結構　傅修延　北京社會科學
　　2期　1991年

西遊記藝術形象的多重組合　李建國　明清小說研究　2期　1991年

「西遊學」的興起：未來學在中國古典文學領域內的運用　楊俊
　　雲南社會科學　2期　1991年

異軍突起，別樹一幟：蔡鐵鷹「西遊記成書史研究」系列評述　馮保善
　　淮陰師專學報　2期　1991年

情與理的鬥爭：《西遊記》主題思想新論　田同旭　山西大學師範學
　　院學報　3卷1期　1991年

湖北蘄春「孫大聖」形象爭議　鄭伯成　明清小說研究　1期　1991年

猴行者與麝香之路上羅摩衍那的傳播　孫悟空形象探源之五　蔡鐵鷹
　　淮陰師專學報　2期　1991年

孫悟空形象多義性的心理分析　呂崇齡　昭通師專學報　13卷2期
　　1991年

評《關於西遊記的祖本和主旨問題》　吳聖昔　南都學壇　1期
　　1991年

葫蘆不屑依樣描：論西遊記與聊齋的想像　林同　明清小說研究增刊
　　1991年

論西遊記的哲理性　劉耿大　綏化師專學報　4期　1991年

論西遊記的著作權問題：兼說世德堂本的思想性質與楊本和朱本及吳
　　承恩詩文集的不同（上）　張錦池　北方論叢　1期　1991年

論西遊記的著作權問題：兼說世德堂本的思想性質與楊本和朱本及吳
　　承恩詩文集的不同（下）　張錦池　北方論叢　2期　1991年

論西遊記對觀音形象的重塑　劉勇強　民間文學論壇　1期　1991年

魯迅與胡適西遊記研究比較　陳澈　北方論叢　2期　1991年

錢塘君和孫悟空形象淵源簡說　吳華寶　阜陽師範學院學報　1期　1991年

「魔高一尺，道高一丈」試談西遊記小說的主要傾向　王敏　山西大學師範學院學報　3卷1期　1991年

西遊記的爐中天地（續）　林韻梅　人文及社會學科教學通訊　3卷1期　1992年6月

西遊記若干情節的本源十一探　曹仕邦　中華佛學學報　5期　1992年7月

近年中國小說的文化研究概述　王濟民　社會科學動態　1992年10月

門神、羅漢、猴行者及其他——西遊記有關資料瑣談　孫立川　中國文化　7期　1992年11月

世德堂本西遊記的夾批及其版本意義　吳聖昔　淮陰師專學報　14卷4期　1992年

西遊記賞析　鄭明娳　書評　1期　1992年12月

西遊記中反映的長生不老是永恆的社會意識　夏興仁　明清小說研究　3期　1992年

西遊記的正道　盛巽昌　上海道教　2期　1992年

西遊記第七回研究　蘇興　社會科學戰線　2期　1992年

西遊記產生的歷史條件和文學前提　安東尼　C.Y　西部學壇　2期　1992年

西遊記與古代戲曲　劉蔭伯　戲曲研究　40期　1992年

西遊記韻文的用韻　楊載武　四川師範學院學報　2期　1992年

美猴王探源　李安綱　山西大學學報　15卷3期　1992年

孫悟空大鬧天宮新論　諸葛志　浙江師大學報　1期　1992年

神魔、人情、風俗面：西遊記文化心態的一點透視　楊俊　徽州社會
　　科學　2期　1992年

（清）張書紳的新說西遊記、西遊正旨及其事蹟　趙擎寰　山西圖書
　　館學報　1期　1992年

從須菩提看西遊記的創作思路　陳洪　文學遺產　1期　1992年

喜讀李時人《西遊記考論》　李偉實　明清小說研究　2期　1992年

論西遊記人生啓迪　王慶芳　孝感師專學報　3期　1992年

西遊記質疑　張靜二　中外文學　21卷12期　1993年5月

論中國古代小說人物形象塑造審美思維機制的嬗變　曆平　社會科學
　　輯刊　1993年5月

西遊記中的力與術　張靜二　漢學研究　11卷2期　1993年12月

一百回本西遊記作者辨証　張乘健　中南民族學院學報　13卷4期
　　1993年

人類超我意識的集中體現　論西遊記的孫悟空　鄭少雄　學術交流
　　6期　1993年

心路歷程　西遊記主題新論　李安綱　晉陽學刊　5期　1993年

西遊記方言詞的一詞異寫　姚政　明清小說研究　1期　1993年

西遊記四題　竺洪波　寧波師院學報　15卷4期　1993年

西遊記主題思想新論續篇　諸葛志　浙江師大學報　18卷4期　1993年

西遊記考証三題　馬曠源　楚雄獅專學報　8卷4期　1993年

西遊記祖本新探　王輝斌　寧夏大學學報　15卷4期　1993年

西遊記唐僧出身故事再探討　李金泉　明清小說研究　1期　1993年

西遊記和海州方言　張訓　明清小說研究　3期　1993年

「忘懷得失，獨存賞鑒」：論動物性因素在西遊記神魔形象構成中的
　　審美作用　宋常立　安慶師院社會科學學報　12卷3期　1993年

明尊暗貶神道儒，中興佛教成大道：西遊記主題辨析　周克良　大慶

師專學報　2期　1993年

奇人奇想的孫悟空：西遊記前七回研究兼「造反說」商榷　楊俊才
　　麗水師專學報　15卷1期　1993年

美猴王與易卦　李安綱　山西大學學報　16卷3期　1993年

孫悟空釋名　鍾楊　阜陽師範學院學報　1期　1993年

道士眼中的西遊記　伍偉民　上海道教　1期　1993年

試論西遊記中神話與現實的矛盾　胡小林　齊魯學刊　5期　1993年

試論西遊記與「心學」　楊俊　雲南社會科學　1期　1993年

論西遊記的原本與原作者　安東尼　C.Y　伊犁師範學院學報　3期
　　1993年

論孫悟空與妖精　李增林　思茅師專學報　9卷2期　1993年

西遊記的人物塑造──活寶豬八戒　王秋香　壢商學報　1期　1994
　　年8月

孫悟空是國貨、舶來品、還是混血猴──西遊記中孫悟空的原型試析
　　華唐　明道文藝　221期　1994年8月

西遊記與明代道教　張橋貴　道教學探索　8期　1994年12月

大唐三藏取經詩話研究　高思嘉　四川師範大學學報　21卷4期
　　1994年

三國演義、西遊記與天臺山文化　洪顯周、周琦　東南文化　2期
　　1994年

「大鬧天宮」非吳承恩創作考　西遊記成書過程新探之一　劉振農
　　中國人民警官大學學報　3期　1994年

西遊記土地神的民間考察　吳濱　民俗研究　3期　1994年

西遊記中的密教影響　薛克翹　南亞研究　2期　1994年

西遊記是部情理小說　西遊記主題新論　田同旭　山西大學學報　17
　　卷2期　1994年

西遊記校注匡補　王愷　南京師大學報　2期　1994年

西遊記虛詞「卻」詞義探　楊載武　貴州教育學院學報　1期　1994年

西遊記與民間信仰　兼論神魔小說的文化心理依據　王平　文史哲
　　6期　1994年

西遊記題旨探密　王輝斌　荊門大學學報　1期　1994年

佛表道裏儒骨髓　西遊記管窺再得　花三科　寧夏大學學報　16卷2
　　期　1994年

似曾相識　談西遊記詩詞　姚政　明清小說研究　1期　1994年

吳承恩西遊記與儺戲「唐懺」之關係　朱恒夫　明清小說研究　4期
　　1994年

我國古典小說中的贊、賦──以西遊記、封神演義爲主的討論　高桂惠
　　新亞學術集刊　13期　1994年

從二郎神形象略窺西遊記創作心態　王平　求是學刊　4期　1994年

從孫悟空的形象看民間文化對作家創作的影響　徐元濟　中國民間文
　　化　4期　1994年

透視西遊記　羅盤　中國文學研究　1期　1994年

敦煌壁畫與西遊記創作　謝生保　敦煌學輯刊　1期　1994年

試論豬八戒　秦洪柏　牡丹江師範學院學報　2期　1994年

福建與西遊記漫論　陳閔　福建師範大學學報　3期　1994年

論西遊記幽默藝術風格　柳宏雷　新疆師範大學學報　15卷3期
　　1994年

靈山無錢非靈山，如來少賄不如來：西遊記九十八回賞析　馬忠　名
　　作欣賞　3期　1994年

西遊記：中國神話文化的大器晚成　楊義　中國社會科學　1995年1
　　月

「八公之徒」斯人考：西遊記成書過程新探之三　劉振農　中國人民

警官大學學報　2期　1995年

「大道之行也，天下爲公」：西遊記主題思考　王顯春　西南民族學
　　院學報　6期　1995年

中國敘事學開篇：四部小說新論：紅樓夢、水滸傳、三國演義、西遊記
　　傅修延　文藝爭鳴　1期　1995年

也談大唐三藏取經詩話的成書時代　曹炳文　河南大學學報　35卷2
　　期　1995年

心猿意馬的放縱與收束：《西遊記》主題新探　石麟　湖北師範學院
　　學報　15卷2期　1995年

世本陳〈序〉的信息價值和疑歧透視　西遊記版本研究之一　吳聖昔
　　明清小說研究　3期　1995年

西遊記中淮安方言臆札　王義、朱德慈　明清小說研究　3期　1995年

西遊記所顯示的和所沒顯示的　秦雲　雲南文學評論　1期　1995年

西遊記非是吳承恩所著及主題是修心証道　李安綱　編輯之友　4期
　　1995年

西遊記神魔形象論　劉松濤　許昌師專學報　14卷3期　1995年

西遊記與蘄春　鄭伯成　理論月刊　7期　1995年

苦海與極樂：西遊記奧義小引　孫玄常　運城高專學報　13卷3期
　　1995年

苦海與極樂：西遊記奧義序言　景克寧　運城高專學報　13卷3期
　　1995年

苦海與極樂：西遊記奧義自序　李安綱　運城高專學報　13卷3期
　　1995年

吳承恩不是西遊記的作者　李安綱　山西大學學報　18卷3期　1995年

李評本二探：西遊記版本密錄之一　吳聖昔　明清小說研究　2期
　　1995年

唐三藏八十一難考源　李安綱　運城高專學報　13卷3期　1995年

唐三藏探源　李安綱　晉陽學刊　3期　1995年

孫悟空的形而上意義：西遊記新論之一　李驚濤　連雲港文學　5期
　　1995年

「華陽洞天主人」與西遊記　楊俊　明清小說研究　3期　1995年

論西遊記的主旨　王志堯、金海元　南都學壇　15卷2期　1995年

論西遊記的崇佛傾向　克珠群佩、王意如　宗教研究　1期　1995年

論清代西遊記、紅樓夢批評中的荒謬奇談　陸聯星　淮北煤師院學報
　　4期　1995年

談西遊記小說豬八戒的形象及意義　江亞玉　勤益學報　13期
　　1996年2月

百回本西遊記的敘事矛盾之（1）──兩張取經文牒　謝明勳　靜宜
　　人文學報　8期　1996年7月

西遊記的時代背景與意識指向　楊昌年　歷史月刊　103期　1996年
　　8月

淮海豎儒・蓬茅浪士──吳承恩的詩作與交誼　洪淑苓　歷史月刊
　　103期　1996年8月

西遊記中的五行思想　徐傳武　歷史月刊　103期　1996年8月

探索孫悟空故事起源之謎　徐曉望　歷史月刊　103期　1996年8月

西遊記與民間傳說　李福清　歷史月刊　103期　1996年8月

吳承恩不是西遊記的作者　李安綱　歷史月刊　103期　1996年8月

人間妖孽　多通天上神仙──讀西遊記雜記　劉鑑平　明道文藝
　　248期　1996年11月

論西遊記中唐僧之形象塑造　張曼娟　明道文藝　248期　1996年11月

目連與小說西遊記之孫悟空　劉禎　明清小說研究　1期　1996年

西遊記內外讀　王希杰　明清小說研究　1期　1996年

西遊記和白鹿原的神話運用　王璞　嶺南學院中文系系刊　3期　1996年

朴通事諺解與西遊記平話　李偉實　零陵師專學報　1期　1996年

再論西遊記的祖本爲西遊釋厄傳：對吳聖昔商榷一文的質疑　王輝斌　寧夏大學學報　18卷　1期1996年

「身外化身法」及其聯想：西遊記中的變化術研究舉一　金家興　孝感師專學報　16卷2期　1996年

吳承恩與明代心學思潮及西遊記的著作權問題　宋克夫　湖北大學學報　23卷1期　1996年

性命圭旨是西遊記的文化原型　李安綱　山西大學學報　18卷4期　1996年

性命圭旨與西遊記　李安綱　山西師範學院學報　8卷1期　1996年

孫悟空的人格與明代中後期人文主義思潮　張曉　明清小說研究　3期　1996年

從「烏雞國」的增插看西遊記早期刊本的演變　侯會　文學遺產　4期　1996年

楊志和本西遊記價值平議　劉振農　中國人民警官大學學報　2期　1996年

試論西遊記中佛道題材的組合關係　李樹民　自貢師專學報　2期　1996年

試論西遊記的主題結構　孫德喜　綏化師專學報　1期　1996年

論孫悟空典型形象的寓意　試解西遊記創作原旨之謎　郭子冉　聊城師範學院學報　3期　1996年

奇特的精神漫遊──西遊記新說　劉勇強　讀書人　23期　1997年1月

論沙和尚形象的演化　張錦池　文學遺產　3期　1996年

百回本西遊記的敘事矛盾」之（2）──芭蕉扇到底有幾把　謝明勳

靜宜人文學報　9期　1997年6月

花果山、火焰山的原型與背景　華唐　明道文藝　257期　1997年8月

由龍華會一詞論西遊記的流傳——對日人磯部彰說法的一點商榷
　　謝明勳　大陸雜誌　95卷1期　1997年7月

論水滸傳和西遊記的神學問題　張錦池　人文中國學報　4期　1997
　　年7月

西遊記與國民黨　張景為　中國時報　1997年9月18日

從孫悟空談國民黨典型人物的移變　聯合報　1997年9月25日

西遊記裡的政治意境　劉光華　中國地方自治　50卷8期　1997年10月

刀圭與西遊記人物別名代稱　郭明志　求是學刊　2期　1997年

四眾五行合三藏：談五行學說在西遊記中的體現　王聖乙　遼寧教育
　　學院學報　14卷4期　1997年

也論西遊記　張緒通　宗教學研究　2期　1997年

曰師徒取經，實為獨做修心：西遊記本旨異說　鄭起宏　思想家　6
　　期　1997年

名教對自然的勝利：《西遊記》寓意新解　孫美堂　湖北大學學報

西遊記人物形象塑造的心理學成因　孔刃非　明清小說研究　3期
　　1997年

西遊記文化研究簡述　嚴鳳悟　運城高專學報　15卷1期　1997年

西遊記西海龍王大名之失：外一題　吳聖昔　明清小說研究　4期
　　1997年

西遊記的文化信息和主題思想　康金聲　山西大學學報　20卷1期
　　1997年

西遊記版本探索　程毅中　北方論叢　6期　1997年

西遊記的宗教文字版本問題　陳洪　運城高專學報　15卷1期　1997年

西遊記的宗教主題和諷諭技巧考辨　安東尼　伊犁師範學學報　1期

1997年

西遊記的成書（上）　中鉢雅量　通俗文學評論　3期　1997年

西遊記的成書（下）　中鉢雅量　通俗文學評論　4期　1997年

西遊記的風格與樂文化的轉型　王齊州　運城高專學報　15卷2期
　　1997年

西遊記故事與西夏人的童話　孟繁仁　運城高專學報　15卷3期
　　1997年

西遊記：神聖的解構　郭德喜　淮陰師專學報　19卷2期　1997年

西遊記與禪宗　李洪武　昌灘師專學報　16卷3期　1997年

再論西遊記的作者與性質：兼評當前的西遊記研究中的一種「新說」
　　劉振農　中國人民警官大學學報　1期　1997年

是奧義發，還是老調重彈：評李安綱教授的西遊記研究　宋謀瑒　山
　　西師大學報　24卷2期　1997年

苦難現實中的輝煌理想：別論西遊記中的女兒國　劉麗珈　明清小說
　　研究　1期　1997年

孫悟空形象的四重意義　戴景臣　丹東師專學報　19卷2期　1997年

「開心一笑，獨存賞鑒」：《西遊記》藝術探微　郭明志　學術交流
　　2期　1997年

淺析西遊記的幽默　朱益民　南昌職業技術師範學院學報　2期
　　1997年

從泰州學派看吳承恩的創作思想　周利生　雲南學術探索　4期
　　1997年

略論西遊記與道教　張乘健　河南大學學報　37卷6期　1997年

設象比喻，形神皆妙：西遊記語言與藝術形象初探　唐松波　運城高
　　專學報　15卷2期　1997年

敦煌變文與西遊記　李潤強　中國典籍與文化　3期　1997年

論西遊記的心性說主題　馮巧英　運城高專學報　15卷1期　1997年

論西遊記續書　郭明志　學習與探索　2期　1997年

談陽明心學與西遊記的心路歷程　潘富思　運城高專學報　15卷1期
　　1997年

關於西遊記平話的幾點考辨　李正民、宋俊玲　晉陽學刊　3期
　　1997年

關於西遊記祖本的再探討：吳聖昔《評》文駁論　王輝斌　寧夏大學
　　學報　19卷1期　1997年

孫悟空爲何跳不出如來佛的手掌心　華唐　明道文藝　263期　1998
　　年2月

西遊記中法術之變形──以孫悟空之七十二變爲考察　陳昱珍　大仁
　　學報　16期　1998年3月

西遊記作者之謎　華唐　明道文藝　264期　1998年3月

神勇無敵二郎神　華唐　明道文藝　265期　1998年4月

從語用學看西遊記中豬八戒話語中的笑點　李順慧　東海中文學報
　　12期　1998年12月

牛魔王：初民心靈世界的迴光返照　夏敏　明清小說研究　2期
　　1998年

在文本與歷史之間：重讀西遊記　李青春　學習與探索　6期　1998年

西遊記小話　吳聖昔　明清小說研究　2期　1998年

西遊記小說符號的「第二級形象」美　劉宏斌　武鋼大學學報　10卷
　　3期　1998年

西遊記中指代現象　唐松波　修辭學習　3期　1998年

西遊記宗教修行內景探微　陳金寬　鄭州大學學報　31卷2期　1998年

西遊記思想內容淺探　邢治平　河南大學學報　38卷2期　1998年

西遊記哲理韻文雙重所指意義　劉宏斌　武鋼大學學報　10卷2期

1998年

西遊記養生文化內涵管窺　高景森　長春煤炭管理幹部學院學報　1期
　　1998年

治世之尊，用世之能：西遊記中佛祖形象探析　楚雄獅專學報　13卷
　　1期　1998年

放言何必非遊戲：西遊記詼諧情境論　王海洋、何旺生　安徽教育學
　　院學報　4期　1998年

孫悟空的金與火：對主人公們的煉丹解釋　中野美代子　河南學刊
　　16卷3期　1998年

從西遊記看吳承恩的人生處世觀　靳杰　呂梁學刊　3期　1998年

從觀世音應驗記到西遊記：從一個方面看神怪小說與宗教的關係
　　歐陽健　漳州師院學報　12卷2期　1998年

試談西遊記中市民文化精神　楊子江　通俗文學評論　4期　1998年

漫談人間妖魔與天上神仙：讀西遊記雜感　王其玖　都江學刊　2期
　　1998年

漫談西遊記文筆的道教情趣　劉直　中國道教　2期　1998年

關於西遊記的作者和主要精神　黃霖　復旦學報　2期　1998年

靈與肉的碰撞：西遊記女性人物的形象略論　程建軍　呂梁學刊
　　2期　1998年

烏雞國　西遊記中的王子復仇記　侯會　中山人文學報　8期　1999
　　年2月

百回本西遊記之唐僧十世修行說考論　謝明勳　東華人文學報　1期
　　1999年7月

千變萬化神通大，指物騰那手段高──談「西遊記」中孫悟空之
　　七十二變　賴澄宇　人文及社會學科教學通訊　10卷3期　1999

年　10月

一部人生的悲喜劇：西遊記文化心態透視　揚俊　運城高專學報　17
　　卷1期　1999年

人文主義關照下的豬八戒形象的厚度　付瓊　明清小說研究　2期
　　1999年

四方民物俱昭融：論西遊記對人與自然美好關係的嚮往
　　歐陽健　古典文學知識　4期　1999年

「白骨精」寓意淺析　張永軍　名作欣賞　2期　1999年

西遊記中孫悟空對妖精自稱「外公」試析　蘇興　古籍整理研究學刊
　　1期　1999年

西遊記文學研究《西遊記解說》補証　中野美代子　運城高專學報
　　17卷1期　1999年

西遊記、目連故事、江淮儺歌　朱恒夫　古典文學知識　4期　1999年

西遊記在海外　王麗娜　古典文學知識　4期　1999年

西遊記作者的問題回顧與反思　李舜華　古典文學知識　4期　1999年

西遊記版本淺說　吳聖昔　古典文學知識　4期　1999年

西遊記的逗樂語言　王永場　西南民族學院學報　20卷2期　1999年

西遊記的現代解讀　姚昌炳　荊州師專學報　22卷6期　1999年

西遊記的喜劇性　兼談接受心理　蕭兵　古典文學知識　4期　1999年

西遊記是中國傳統文化的自覺載體　李安綱　湖北大學學報　26卷3期
　　1999年

西遊記原型解讀　曹祖平　唐都學刊　15卷2期　1999年

西遊記：浪漫主義的人生歷程　崔蘊華　古典文學知識　4期　1999年

西遊記烏鴉國故事「增插」說辨証　吳聖昔　明清小說研究　2期
　　1999年

西遊記與明律　林鴻雁等　文史哲　2期　1999年

西遊記與醫學文化　古典文學知識　4期　1999年

西遊記學發展源流略論　李安綱　運成高專學報第　17卷4期　1999年

西遊記藝術層次論　徐子方　明清小說研究　1期　1999年

宋江與唐僧的相似性及其原因　徐文君　濟寧師專學報　20卷4期
　　1999年

爲什麼說吳承恩不是西遊記小說的作者　李安綱　運城高專學報
　　17卷1期　1999年

紅孩兒、善財童子、齊天大聖廟：讀西遊記札記之二　林冠夫　華僑
　　大學學報　3期　1999年

柔情綿似水，法性冷似冰：西遊記第五十四回賞析　劉水雲　古典文
　　學知識　4期　1999年

孫悟空形象生成的文化追尋　李舜華　南海大學學報　17卷3期
　　1999年

孫悟空形象的文化哲學意義　蕭相愷　古典文學知識　4期　1999年

從「西天取經」故事到西遊記　李忠明　古典文學知識　4期　1999年

理性之光：西遊記的科學精神和未來意識　竺洪波　明清小說研究
　　2期　1999年

淺析西遊記中的女妖精　白靈階　中南民族學院學報　19卷3期
　　1999年

評李安綱西遊記論的版本基礎　吳聖昔　山西大學學報　22卷2期
　　1999年

須菩提、孫悟空和唐三藏：讀西遊記札記　林冠夫　華僑大學學報
　　2期　1999年

道教文化與西遊記　張錦池　古典文學知識　4期　1999年

談西遊記故事的演變　陳遼　古典文學知識　4期　1999年

新時期西遊記研究回顧　張強　古典文學知識　4期　1999年

試論西遊記婦女觀　林偉玲　五邑大學學報　1期　1999年

對於自我價值和人性美的追求：關於西遊記主要精神　黃霖　古典文
　　學知識　4期　1999年

「醇儒」人格的反思與批判：唐僧新論　曹炳建　中州學刊　4期
　　1999年

豬首人身的成功典型：豬八戒形象談片　沈新林　古典文學知識　4
　　期　1999年

論魔怪問題：試解西遊記創作原旨之謎　郭子冉　聊城師範學院學報
　　3期　1999年

禪門心法：也談西遊記的主題　賈三強　咸陽師範專科學校學報　14
　　卷4期　1999年

關照諷刺藝術：索解西遊主題　姜劍雲、張琴　山西大學師範學院學
　　報　11卷2期　1999年

四　西文期刊論文（按字母順序排列）

Dudbridge　Glen. The Hsi-yu Chi Monkey and the Fruits of the
　　Last Ten Years　漢學研究 6卷 1期 1988年 6月

Han　Sherman. An Anatomy of the Political Satire in His Yu-chi
　　.Tamkang Review 13卷 3期 1983年春

Han　Sherman. The Comic Devices in Hsi-yu Chi(1) Tamkang
　　Review 19卷 1期 1988年秋

Han　Sherman. The Comic Devices in Hsi-yu Chi(2) Tamkang
　　Review 19卷 2期 1988年冬

Han　Sherman. The Comic Devices in Hsi-yu Chi(3)　Tamkang
　　Review 19卷 3期 1988年春

Han　Sherman.　The Comic Devices in Hsi-yu Chi(4)　Tamkang
　　Review 19卷 4期 1989年夏
Widmer　Ellen. Hsi-yu Chengutao Shu in the Context of Wang
　　Ch'I's Publishing Enterprise 漢學研究 6卷 1期 1988年 6月
Wu　Yenna. Morality and Cannibalism in Ming-Qing Fiction
　　Tamkang Review 27卷 1期 1996年秋

附錄二　《西遊記》主題接受簡表

評者	篇名與切入角度	對作者的看法	對結構的看法	對人物的看法	對主題的看法	備註
(明)陳元之	〈西遊記序〉寓言	或曰：出天潢何侯王之國、出八公之徒、出王自制		舊敘：以猻爲心之神,馬爲意之馳,八戒,爲肝氣之木,沙僧爲腎氣之水,唐僧爲郛郭之主,魔,魔爲六根之障。	彼以爲大丹丹數也,東生西成,故西以爲紀	
(明)李卓吾(或疑爲葉畫)	《李卓吾先生批評西遊記》遊戲中暗傳秘諦				以修心爲宗旨	
(明)謝肇淛	《五雜組》小說存有至理			猿爲心之神,豬爲意之馳	求放心之喻	
(清)汪象旭黃太鴻	《西遊證道書》証道	丘處機		孫悟空表心,屬火,八戒屬木,沙僧屬金；唐僧屬土,龍馬屬水	仙佛同源的修先之書	
(清)陳士斌	《西遊眞詮》証道	丘處機			發仙家金丹大道,只講得性命二字	

〈續〉

評者	篇名與切入角度	對作者的看法	對結構的看法	對人物的看法	對主題的看法	備註
(清)張書紳	《新說西遊記》証道	丘處機	一至二十六回發明《大學》誠心正意之要，二十七至九十七回雜引經書，見氣稟人欲之蔽，九十八至一百回明新止至善，收挽全書		証聖賢儒者之道	
(清)劉一明	《西遊原旨》証道	丘處機	前七回合說「丹法次序、火候工程」，後九十三回則爲分說	悟空是水中金，八戒爲火中木，沙僧爲眞土，唐僧是太極之體	闡三教一家之理，傳性命雙修之道	
(清)吳玉搢	《山陽志遺》	吳承恩				證據爲1.天啓《淮安府志》2.小說中多吾鄉方言
(清)阮葵生	《茶餘客話》			然射陽才士，此或其年少狡獪，遊戲三昧，亦未可知。要不過爲村翁俗童笑資，必求得修練秘訣，則夢中說夢		證據同上
(清)錢大昕	《潛研堂文集·長春眞人西遊記跋》	明人所作				證據是丘處機另有《長春眞人西遊記》，收於《道藏》

〈續〉

評者	篇名與切入角度	對作者的看法	對結構的看法	對人物的看法	對主題的看法	備註
（清）紀昀	《閱微草堂筆記・如是我聞》	明人所作				證據爲書中職官與明制，非元人可知
（清）焦循	《劇說》	吳承恩			今揆作者之意，則亦老於場屋者憤鬱之所發也。黃袍怪爲奎宿所化，其指可見。	據紀昀、阮葵生之說
（清）丁晏	《石亭記事續編》	吳承恩			推衍五行，頗契道家，明金丹奧旨	據丁晏、紀昀之說
（清）陸以湉	《冷廬雜識》	吳承恩			推演五行之旨，視它演義書爲勝	
（清）俞樾	《小浮梅閑話》	吳承恩				認爲假托丘處機不如托之宗泐，尚是釋家本色
（二十世紀初）俠人	〈小說叢話〉援引西方觀念			科學小說		認爲小說中暗証醫理
（二十世紀初）周桂笙	《《神女再世奇緣》自敘〉援引西方觀念			與近世科學最有關係		認爲小說中的奇物異能與西方科技產物相類
（二十世紀初）阿閣老人	〈說小說〉			哲理小說		認爲孫悟空出外學道類似出國留學，從中看出精器械、致富強、保種、保教的「妙訣」

〈續〉

評者	篇名與切入角度	對作者的看法	對結構的看法	對人物的看法	對主題的看法	備註
（二〇年代）胡適	〈《西遊記》考證〉科學方法、歷史演變法	吳承恩	將全書結構分三部分：一至七回為齊天大聖傳，八回至十二回在說明取經緣由與介紹取經的人，十三回至一百回講述八十一難的經歷		至多不過是一部粉有趣味的小說，至多不過有一點愛罵人的玩世主義，並沒什麼微妙的意思	提到〈二蒐山圖歌〉可表示小說作者的胸襟與態度；把玉帝寫成飯桶，顯示作者有滿腹牢騷
（二〇年代）魯迅	《中國小說史略》、《中國小說歷史的變遷》作者的全人、當時的宗教風氣	吳承恩			實不過出於作者的遊戲，假欲勉求大旨，則謝肇淛的「求放心之喻」數語，已足盡之	
（五〇～六〇年代）李辰冬	〈西遊記的價值〉作者的生平與切身環境	吳承恩		孫悟空是作者自己的寫照，唐僧像明世宗，八戒的奸邪行為類似嚴嵩，沙僧像尸位素餐之輩，妖怪也是社會現實的反映	反映了吳承恩滿腹的牢騷、不平及憂國憂民	
（五〇～六〇年代）薩孟武	《西遊記與中國古代政治》政治				從《西遊記》了解中國古代政治	
（七〇～八〇年初）羅龍志	〈《西遊記》的寓言和戲謔特質〉神話、寓言、喜劇	吳承恩			無論是幻想的冒險和現實的批判，都含攝了豐饒的趣味	

〈續〉

評者	篇名與切入角度	對作者的看法	對結構的看法	對人物的看法	對主題的看法	備註
（七〇～八〇年初）方瑜	〈論西遊記——智慧的喜劇〉喜劇	吳承恩			智慧的喜劇	
（七〇～八〇年初）黃慶萱	〈西遊記的象徵世界〉神話原型、心理學、發生學、社會學	吳承恩		唐僧、悟空與八戒各代表玄奘的超我、本我及原我	敘述人如何在原我、超我、本我間導致平衡，克服內外在的危機，以求心靈的安頓與人類福祉	
（七〇～八〇年初）張靜二	〈論《西遊記》的結構與主題〉五行生剋		全書基本結構模式由「合」而「分」而「歸一」	悟空配金、火，八戒配木，沙僧配土，唐僧配水	「空」就是主題，而悟則是達致「空」的過程	
（七〇～八〇年初）吳壁雍	《西遊記研究》文本結構		前七回為全書楔子，後九十三回為本體，	唐僧代表普通人悟空代表生命中的理想層面，八戒代表現實層面，沙僧帶有調和的力量龍馬代表理性的指引作用	一個修道歷程的展現，又表現出「空」的智慧	
（七〇～八〇年初）徐貞姬	《西遊記八十一難研究》心理學				闡明人的本性以及使人蛻變的歷練過程	

〈續〉

評者	篇名與切入角度	對作者的看法	對結構的看法	對人物的看法	對主題的看法	備註
（七〇～八〇年初）鄭明娳	《西遊記探源》寓言	較傾向為吳承恩		五聖一體，唐僧表人的軀殼，是未悟道的芸芸眾生；悟空為心靈，表「慧」八戒代表感官，是反面的「戒」，沙僧表「定」，龍馬表「意」。	於「心靈的修持」以達「空」的終極境界	
（七〇～八〇年初）吳達芸	〈天地不全──《西遊記》主題試探〉文本結構		將書分為取經緣起、歷程與結果。	孫悟空是不全的見證者	天地不全	
（五〇～六〇年代）張天翼	〈西遊記札記〉政治	吳承恩	將全書分為前七回與後九十三回兩部分	神佛是統治者，妖魔是被統治者，孫悟空起義失敗接受招安	主題矛盾說	此說受到同時人沈玉成、李厚基、沈仁康與童思高等人反對。
（五〇～六〇年代）李希凡	〈漫談《西遊記》的主題和孫悟空的形象〉政治	吳承恩	前七回主題反映人民反正統的情緒，後九十三回主題轉向了一個廣闊、魅人的神話	前七回的孫悟空是反抗封建統治者的叛逆英雄，取經路上的妖魔象徵自然險阻與種種困難	主題轉化說	此說被當時游國恩所編的《中國文學史》採用
（七〇末～八〇年初）朱彤	〈論孫悟空〉政治	吳承恩	全書有一致性	孫悟空是「新興市民」的典型形象	歌頌新興市民說	此說受到趙明政的批評
（七〇末～八〇年初）朱式平	〈試論《西遊記》的政治傾向〉政治	吳承恩	大鬧天宮與西天取經的主題相同	孫悟空是救世醫國的英雄	安天醫國說	此說受到嚴云受的批評

〈續〉

評者	篇名與切入角度	對作者的看法	對結構的看法	對人物的看法	對主題的看法	備註
（七〇末～八〇年初）羅東升	〈試論《西遊記》的思想傾向〉政治	吳承恩	結構完整	孫悟空是作者理想中的賢士	誅奸尚賢說	此說受到朱繼琢的批評
（七〇末～八〇年初）胡光舟	〈對《西遊記》主題思想的再認識〉神話小說	吳承恩	大鬧天宮與西行取經兩者統一		主題統一說	
（七〇末～八〇年初）劉遠達	〈試論《西遊記》的思想傾向〉政治	吳承恩	大鬧天宮只是全書的鋪墊	大鬧天宮的孫悟空是造反的神話英雄，西天取經的孫悟空則成了統治階級的打手	破心中賊說	此說受到劉士昀的批評
（七〇末～八〇年初）丁黎	〈從神魔關係論《西遊記》的主題思想〉政治				一部鎮壓和瓦解人民反抗之「經」	此說受到周中明、王齊州反對
（七〇末～八〇年初）傅繼俊	〈我對《西遊記》的一些看法〉政治	吳承恩	大鬧天宮只是全書的一個情節，西天取經才是小說的中心	孫悟空是一個投降的造反者，天宮為統治階級，妖魔則是被統治階級	反動說	
（八〇初～九〇年中）金紫千	〈也談《西遊記》的主題〉人生角度	吳承恩	全書為孫悟空從「追求」到「挫折」至「成功」的過程	孫悟空是人的精神的一種化身	人生哲理說	
（八〇初～九〇年 王齊洲	〈孫悟空與神魔世界〉	吳承恩	全書為一整體	孫悟空是一個豪傑之士	肯定正統的正義	
（八〇初～九〇年中）王燕萍	〈試論《西遊記》的主題思想〉神魔小說 作者	吳承恩		孫悟空性格前後一貫	歌頌戰鬥精神和積極進取的樂觀主義	

〈續〉

評者	篇名與切入角度	對作者的看法	對結構的看法	對人物的看法	對主題的看法	備註
（八〇初～九〇年中）曾廣文	〈世間豈謂無英雄──《西遊記》的主題思想新探〉作者、文本	吳承恩		孫悟空為一世間英雄，品格前後一貫	歌頌讚揚孫悟空說	
（八〇初～九〇年中）姜云	《西遊記》：一部以象徵主義為主要特色的作品〉寓言	吳承恩		孫悟空包含多種象徵性，如自由平等、正義等等	一部以象徵主義為主要特色的作品	
（八〇初～九〇年中）張錦池	〈論孫悟空形象的演化與《西遊記》的主題〉孫悟空形象的演化			孫悟空是掃蕩社會妖氛的英雄	人才觀的問題	
（八〇初～九〇年中）吳聖昔	〈談《西遊記》主題的基本性質〉、〈單一性哲理性積極性〉、《西遊新解》哲理		認為全書結構完整，為一整體。		一曲富有哲理意味的理想之歌	
（八〇初～九〇年中）呂晴飛	《西遊記》的主題思想〉明代後期的社會背景		神魔都是封建生產關係的維護者，彼此間無根本的利害衝突，		歌頌人的主觀能動作用	
（八〇初～九〇年中）諸葛志	《西遊記》主題思想新論〉、〈《西遊記》主題思想新論續編〉五眾的苦難歷程				將功贖罪說	

〈續〉

評者	篇名與切入角度	對作者的看法	對結構的看法	對人物的看法	對主題的看法	備註
（八〇初～九〇年中）劉勇強	〈《西遊記》：奇特的精神漫遊〉、《西遊記論要》形象構成、小說功能、文化背景等等			孫悟空較多表現中國傳統文化和民族性格積極面，唐僧、八戒較多則表現出消極面	奇特的精神漫游	
（八〇初～九〇年中）周克良	〈明尊暗貶神道儒，中興佛教成大道：《西遊記》主題辨析〉	吳承恩		孫悟空是佛教的秘密武器，唐僧、八戒、沙僧與妖魔則是儒道勢力	明尊暗貶神、道、儒，張揚佛法無邊，中興佛教成大道	
（八〇初～九〇年中）田同旭	〈《西遊記》是部情理小說——《西遊記》主題新論〉社會思潮	吳承恩		孫悟空是反理學思想的表徵，唐隨三教合一的代表，八戒則是理學壓迫下的凡夫俗子	一部以情反理的小說	
（八〇初～九〇年中）李安綱	《苦海與極樂》、《新評新校西遊記》儒、道、釋及醫學等等		小說以以儒、道的周易八卦、陰陽五行和金丹大道為結構，來表現佛家的無尚法理	孫悟空象徵「人心」，八戒象徵「情識」，唐僧是「後天識神」，沙僧是「真性」，馬則是「意識」	用文學藝術來闡釋教義、道法、醫學、修練等艱澀深奧的哲理	

文學研究叢書·古典文學叢刊 0803004

西遊記主題接受史研究

作　　　者	陳俊宏
責任編輯	游依玲

發 行 人	陳滿銘
總 經 理	梁錦興
總 編 輯	陳滿銘
副總編輯	張晏瑞
編 輯 所	萬卷樓圖書股份有限公司
排　　　版	果實文化設計工作室
印　　　刷	百通科技股份有限公司
封面設計	果實文化設計工作室

發　　　行　萬卷樓圖書股份有限公司

臺北市羅斯福路二段 41 號 6 樓之 3

電話 (02)23216565

傳真 (02)23218698

電郵 SERVICE@WANJUAN.COM.TW

大陸經銷　廈門外圖臺灣書店有限公司

電郵 JKB188@188.COM

ISBN 978-957-739-738-6

2014 年 12 月初版二刷

2012 年 1 月初版

定價：新臺幣 260 元

如何購買本書：

1. 劃撥購書，請透過以下郵政劃撥帳號：

帳號：15624015

戶名：萬卷樓圖書股份有限公司

2. 轉帳購書，請透過以下帳戶

合作金庫銀行　古亭分行

戶名：萬卷樓圖書股份有限公司

帳號：0877717092596

3. 網路購書，請透過萬卷樓網站

網址 WWW.WANJUAN.COM.TW

大量購書，請直接聯繫我們，將有專人為

您服務。客服：(02)23216565 分機 10

如有缺頁、破損或裝訂錯誤，請寄回更換

版權所有·翻印必究

Copyright©2014 by WanJuanLou Books CO., Ltd.

All Right Reserved　　　　　**Printed in Taiwan**

國家圖書館出版品預行編目資料

西遊記主題接受史研究 / 陳俊宏著.

-- 初版.-- 臺北市：萬卷樓, 2012.02

面；　公分.--(文學研究叢書. 古典文學

叢刊)

ISBN 978-957-739-738-6(平裝)

1.西遊記　2.研究考訂

857.47　　　　　　　　　　100025484